KB134246

신조선전기 14권

초판1쇄 펴냄 | 2019년 07월 25일

지은이 | 다물
발행인 | 성열관

펴낸곳 | 어울림 출판사
출판등록 / 2009년 1월 23일 제 2015-000062호
주소 / 경기도 고양시 일산동구 무궁화로 43-55, 801호 (장항동, 성우사카르타워)
TEL / 031-919-0122
FAX / 031-919-0127
E-mail / 5ullim@hanmail.net

신조선 계

목차

필독

   본 소설은 허구입니다. 실제적 역사나 사실과 다를 수 있습니다.

신조선책
新制

세계를 지배했던 자들과
대결을 벌이다

"스탈린이 처형당하다니. 그러면 앞으로 어떻게 되는 것
인가?"

"저희가 예상할 수 없는 미래로 흘러갈 겁니다. 스탈린
의 소련은 앞으로 어떤 나라가 될지 짐작이 되지만 트로츠
키의 소련은 전혀 예상한 적이 없습니다. 다만 그의 성향
을 두고 판단했을 때 일반적이지는 않을 것 같습니다."

"어떤 나라가 될 것 같나?"

"훨씬 공산주의적인 나라, 이상적인 나라로 만들기 위해
말도 안 되는 일을 벌일 수 있습니다. 트로츠키가 가진 공
산주의에 대한 이상향은 확고합니다. 때문에 훨씬 극단적

인 평등을 요구할 겁니다. 여태 보지 못한 혼란이 소련과 세상에서 일어날 겁니다."

김인석이 민영환과 함께 소식을 전했고 그것을 들은 장성호가 이희에게 보고하면서 예상했다.

그의 이야기를 듣고 이희가 고개를 끄덕였다.

그저 트로츠키가 정권을 잡았다는 사실만 알고 있는 민영환은 스탈린과 트로츠키의 차이에 대해서 궁금증을 나타냈다.

그가 장성호에게 물었다.

"트로츠키의 소련이 훨씬 공산주의적인 나라가 될 것이라니, 그게 무슨 이야기입니까?"

그리고 장성호가 대답했다.

"스탈린은 공산주의 흉내만 내고, 트로츠키는 정말로 공산주의를 이루려하기 때문입니다. 스탈린은 소련이 강대국이 되길 원하고 인민의 지지를 받는 권력자로서 역사에 이름을 남기길 원했습니다. 하지만 트로츠키는 다릅니다. 역사에 이름을 남기기보다 세계 공산화와 평등이 그의 최종 목표이자 사명입니다. 때문에 인간에 관한 모든 부분에서 공산화와 평등을 강요하고 폭력적인 수단을 통해서라도 그것을 이루려고 할 겁니다. 그 끝에 혼란이 있습니다."

장성호에 이어서 김인석이 이야기를 더했다.

"트로츠키는 완벽한 공산주의를 지향합니다. 때문에 의식주에 관한 모든 부분이 완벽한 배급제로 이뤄지길 원하고, 사람이 나타낼 수 있는 모든 차이를 없애서 단 한 사람이라도 행복하지 않는 사람이 없도록 만드는 것이 공산주의의 최종적 실현이라고 생각하는 사람입니다. 그런 괴물 같은 이상이 실현될 수 있을 리 없습니다."

다시 장성호가 말했다.

"평등이라는 말로 인간 내면에 숨어 있는 시기와 질투심을 이끌어내, 보상의 차이가 나도록 만드는 부분을 때려 부숴서 메우려 할 겁니다. 그것이 경제에 관한 것이든, 사회적인 것이든 말입니다. 그래서 스탈린이 훨씬 더 인간적입니다. 그는 공산주의자가 아닌 한낱 권력자입니다. 하지만 트로츠키는 공산주의자면서도 이상주의자입니다. 그래서 스탈린은 소련의 혁명만 생각하지만 트로츠키는 전 세계의 혁명을 생각합니다."

"만국의 공산화와 평등을 원한다는 이야기입니까?"

"계급의 평등, 보수의 평등, 성별의 평등을 이루려 할 겁니다. 심지어 나라의 차이도 지우려 할 것이고 말입니다. 그리고 평등에 방해되는 것을 없앨 겁니다."

장성호의 말을 듣고 이희가 말했다.

"성과에 따라 대가를 주는 공정함을 말인가?"

전에 공산주의에 대한 이야기를 들은 적이 있었다.

그에게 장성호가 한번 더 강한 어조로 말했다.

"성과의 차이에 따라 대가의 차이를 두는 것을 그들은 평등이 아니라 여깁니다. 때문에 결과 평등을 위해서 공정한지 아닌지를 따지지 않습니다."

"그 부분을 우리가 공격해야겠군."

"예, 폐하. 우리가 추구하는 가치인 공정함과 배려로 그들의 허상 같은 이념을 공격할 겁니다. 그것이 최대한 많은 사람들이 번영과 행복을 누릴 수 있는 길입니다."

전체가 아니었다.

전체는 그 어떤 방도를 제시해도 가능하지 않은 단어였다.

'최대한 많은'이라는 단어를 쓰며 이희에게 한 치 거짓 없는 말을 했다.

그 말에 이희가 고개를 끄덕이면서 납득했다.

민영환이 마음속에 그 말을 새기면서 그것이 인간이 가진 욕심을 이용하고 동시에 누그러뜨릴 수 있는 유일한 방법이라고 믿었다.

그 길은 여태 조선이 걸어왔던 길이었다.

"우리의 가치로 적을 상대하라. 그리고 조선의 동맹국들과 긴밀히 협의하고 대비하라. 그들과 함께 짐은 대승을 이룰 것이다."

"황명을 받들겠습니다. 폐하."

스탈린이 제거되면서 미래가 바뀌었다.

트로츠키가 소련의 통치자가 되었지만 충분히 대비할 수 있다고 생각했다. 기막힌 표정으로 장성호와 김인석, 유성혁이 협길당에서 나왔다.

그리고 민영환이 빠르게 걸음을 옮겼다.

"예상과 다르게 트로츠키가 통치자가 되면서 바빠졌군

14

요. 먼저 가보겠습니다."

"예. 외부대신."

인사하면서 멀어졌고 그의 뒷모습을 장성호가 지켜봤다.

한참을 보다가 곁의 두 사람에게 말했다.

"어쩌면 스탈린이 아니라 트로츠키를 상대하는 게 낫겠습니다."

그 말에 유성혁이 물었다.

"가짜가 아닌 진짜를 상대해서 말입니까?"

"그래. 독재자를 상대로 이기고 공산주의에 대한 승리로 착각해서 뒤통수 당하는 것보단 진짜 공산주의에 세상이 호되게 당해보는 것도 나쁘진 않아. 이 시대에 우리만큼 확실하게 대비되는 나라도 없을 테니까. 결국 인류는 우리가 옳다는 것을 알게 될 거야."

장성호의 말에 성혁이 고개를 끄덕이면서 한번 더 말했다.

"그래서 놈들이 극단적인 일을 벌일 수 있다고 생각합니다. 국방을 단단히 방비하겠습니다."

"그래. 그렇게 하게."

성혁의 말에 이어서 김인석이 장성호에게 말했다.

"과장님에게도 이야기해야 되겠군."

"미국에 소식이 제대로 알려지려면 며칠 걸릴 겁니다. 제가 가서 연락해보겠습니다."

트로츠키가 소련의 통치자가 된 사실을 알려줘야 했다.

집에 돌아간 장성호가 통신기를 통해서 성한에게 연락했다.

"요즘 어떻게 지내십니까?"

성한에게 근황을 물었고 가정 사정에 대한 이야기를 들었다.

─잘 지내고 있습니다.

"정호와 혜민이는 잘 지내고 있습니까?"

─예. 두 아이 모두 대학교에서 공부하고 있습니다.

"경영학과라고 들었는데 맞습니까?"

─정호가 하버드에서 전공으로 배우고 있습니다.

"혜민이는 어떤 과입니까?"

─국제학과입니다. 오빠와 함께 다니고 있습니다.

성한의 두 아이에 관한 이야기를 듣고 장성호가 미소 지었다.

"정말 잘 키웠습니다."

─한 것도 없는데 알아서 해줘서 감사할 따름입니다.

"두 아이가 학교에서 바른 지식을 얻길 원합니다."

─그렇게 될 수 있도록 노력하고 있습니다.

많은 지식이나 유용한 지식이 아니었다.

바른 지식을 습득하고 바르게 커야 좋은 리더가 될 수 있었다.

두 아이의 미래를 장성호가 기대하고 있었다.

그렇게 두 아이에 대한 칭찬을 끝으로 본론을 이야기하기 시작했다.

장성호가 조선에 막 들어온 소식을 알려줬다.

"트로츠키가 소련의 지도자가 되었습니다."

소식을 듣고 성한이 놀라면서 되물었다.

—방금 트로츠키라고 하셨습니까?

"예. 과장님."

—그럼 스탈린은 어떻게 된 겁니까?

"처형되었습니다."

—맙소사……!

"스탈린뿐만 아니라 그를 따랐던 공산당 위원들까지 모두 숙청되었습니다. 때문에 미래가 많이 달라질 것 같습니다."

이야기를 듣고 성한이 헛웃음을 일으켰다.

—허, 거 참, 어이가 없어서 웃음이 다 나오는군요. 누가 보더라도 스탈린을 예상할 수밖에 없었는데…….

"민심으로 따지자면 그렇습니다. 하지만 트로츠키에게는 적군에게 명령을 내릴 수 있는 지휘권이 있고 놈이 그것을 사용한 것 같습니다."

—소련의 공산주의가 더욱 극단적으로 변하겠군요.

"소련뿐 아니라 전 세계에 대한 공산주의를 이루려고 할 겁니다. 그래서 오히려 트로츠키를 상대하는 게 더 나을 수도 있다는 생각이 듭니다."

—그가 진정한 공산주의자이기 때문입니까?

"스탈린처럼 냉전으로 대치 상황을 즐기며 권좌를 누리려 하기보다 그 자신이 믿는 신념과 이념을 세상에 퍼트려서 혁명을 이루려 하기 때문에 말입니다. 그 덕분에 공산주의로 인한 부작용이 빨리 나타날 수 있습니다. 우리는 공정과 배려로 극단적인 평등주의에 맞설 겁니다."

조선의 지침을 듣고 성한이 동의했다.

―동의합니다. 그리고 미국에서도 함께 싸울 수 있도록 준비하겠습니다. 정계와 재계를 통해서 유도하겠습니다.

"이제부터 모두 함께 싸워야 합니다."

―예. 부장님.

조선만 잘되는 것이 아닌 세상 전체가 합심해야 됐다.

서양의 강국인 미국을 또 다른 조선으로 만들어 이상만을 추구하는 자들에게 맞서려고 했다.

갈 길이 바빴고 잰걸음을 해야 했다.

그런 조선을 뒤쫓는 자들이 있었다.

다음 날 조정에 나선 장성호에게 보고가 전해졌다.

그들은 미래를 좌우하는 산업을 가늠할 줄 알았다.

"리비아에 정유회사가 유정 설비를 건설했다는 말입니까?"

"예. 특무대신."

"리비아면 이태리 식민지니, 그쪽 회사가 건설했겠군요."

"저도 그렇게 생각했습니다만 아니었습니다."

"예?"

"불란서 정유 회사라고 합니다. 회사명은 로쉴트였습니다."

"로쉴트……."

"영길리에서는 로스차일드라 부르는 것으로 알고 있습니다."

로스차일드라는 말에 장성호의 미간에 주름이 생겼다.

천군이 세상에 모습을 드러내기 전에, 세상의 자본을 움직인 거대한 힘이었다.

그 존재가 숨죽이고 있다가 세상에 모습을 드러내기 시작했다.

"결국… 나오게 되는군."

피할 수 없는 대결이었다.

그 대결의 결과는 누구도 예상할 수 없었다.

조정에서 업무를 마치고 집으로 돌아가 다시 성한에게 교신을 취했다.

그리고 정계와 재계 뒤에 숨어 있던 자들이 모습을 드러낸 사실을 알려줬다.

공공연연하게 사람들의 입에 오르던 가문이 온 힘을 다하기 시작했다.

* * *

푸른 하늘과 금빛 대지가 지평선 멀리까지 뻗어 있었다.

굴곡진 대지 위로 건조한 바람이 불면 그 위에 수놓아진 모래가 흩어지고 새로운 언덕을 만들었다가 부서졌다.

사람들은 그 땅을 사하라라고 불렀다.

그리고 사하라 동쪽에 위치한 드넓은 땅을 리비아라고
불렀다.

리비아 사막 한가운데서 검은 물이 솟구쳤고 비릿한 냄
새를 풍겼다.

검은 물을 그릇으로 떠서 그 위에 불씨를 얹자 물 위로 불
이 붙었다.

그것을 보고 사람들이 환호했다.

"와아아!"

"석유다!"

환호하는 사람들을 보면서 미소 짓는 두 남자가 있었다.

두 남자는 각각 중년 남자와 그보다 10살 많은 환갑 이상
의 노인이었다.

그들은 부의 상징이라 할 수 있는 선글라스라 불리는 색
안경을 끼고 있었다.

각각 '내티'와 '에두아르'라는 이름을 지니고 있었다.

두 사람의 성은 '로스차일드'로 동일했고, 영국에서는 로
스차일드, 프랑스에서는 로쉴트로 불리고 있었다.

150년 전, '마이어 암셀 로스차일드'의 핏줄을 이은 먼
친척이었다.

두 사람은 현재 각각 영국의 로스차일드 가문의 당주와
프랑스의 로스차일드 가문의 당주를 맡고 있었다.

두 사람이 매연을 내뿜으면서 타는 기름을 보고 있었다.

그것을 보면서 에두아르가 만족하며 내티에게 말했다.

"이것으로 영국과 프랑스의 석유 수요를 충족시킬 수 있

겠어."

이내 내티가 말했다.

"수요 충족을 넘어서서 수출까지 벌일 수 있습니다. 지질학자들이 이곳에 많은 석유가 매장되어 있을 거라고 하지 않았습니까?"

"그랬지."

"수출을 할 때 원화가 아닌 다른 화폐로 결제하도록 만드는 겁니다. 그러면 우리가 보유한 화폐의 위상을 회복시킬 수 있습니다. 고려 놈들의 공매도 때문에 피해를 입었던 것을 회복해야 됩니다."

내티와 에두아르는 영국과 프랑스의 막대한 자산가였다.

특히 영국 가문의 당주인 내티는 미국인과 조선인의 공매도 공격에 파운드화 급락으로 무참한 피해를 입었다.

프랑스의 로스차일드 가문도 그에 따른 피해를 입었다.

에두아르가 수십년 전에 있었던 일을 떠올렸다.

"US인더스트리가 고려 황제의 자본으로 설립된 회사였지. 그 회사가 우리가 투자했던 록펠러의 스탠더드 오일을 인수했고 말이야."

"여러모로 악연입니다."

"여태까지는 우리가 당해왔지만, 이제부터는 절대 아니야. 앞으로도 계속 강철과 석유가 막대한 이익을 안겨주는 자원이 될 텐데 이제 우리가 그것을 소유해서 화폐의 유통을 결정하는 역할을 맡아야 해. 지금부터라도 유전과 철광산을 우리 소유 아래에 둬야 해. 예전처럼 브리튼이냐 프랑스냐를 두고서 싸우면 안 돼. 합심해서 고려에게 맞서야 할 때야."

"동감입니다."

"예전의 위상을 되찾으면 그 다음에 역습을 벌이는 것일세."

"예."

마이어 암셸 로스차일드의 자식들이 각 나라로 흩어져 뿌리를 내렸다.

한 사람은 영국에서 뿌리를 내렸고 또 한 사람은 프랑스에, 또 한 사람은 독일에서, 나머지 두 사람은 각각 오스트리아와 이탈리아에서 뿌리를 내렸다.

그리고 막대한 자본을 굴리면서 금융업과 유럽 귀족의 자본을 보관하는 등, 세상에서 보이지 않는 손이 됐다.

나라에서 전쟁 자금이 필요할 때는 그것을 지원해준 적도 있었다.

나폴레옹 시기에 영국과 프랑스가 전쟁을 치를 때는 두 나라에 뿌리를 내린 로스차일드 가문이 어쩔 수 없이 서로에게 칼끝과 총구를 겨누고 싸움을 벌인 적도 있었다.

그러나 이제 서로 싸워서는 절대 안 되는 상황이 벌어졌다.

고려라 불리는 강대한 적이 나타났고 그 나라의 황제는 대리인을 앞세워서 로스차일드 가문이 투자한 회사들을 먹어치웠다.

그중 가장 큰 회사가 록펠러의 '스탠더드 오일'이었다.

석유의 장래성을 믿고 투자했다가 그 미래를 잃고 다시 되찾으려고 했다.

이제는 '로스차일드'라는 이름으로 회사를 창업해 세상의 자원을 팔아서 세계 경제의 주도권을 가져가려고 했다.

그들에 대한 소식이 이희에게 전해졌다.

로스차일드에 대한 정보를 듣고 이희가 신기하게 생각했다.

"서양에 그런 가문이 있었다니 꿈에도 몰랐군. 그래서 서라벌상사와 남강상사가 가진 자산보다 더 큰 자산을 가지고 있는가?"

"나라별 당파에 대해서는 모르겠습니다만 모든 당파를 합치고 가문의 재산을 모으면 나라 하나 정도는 통째로 살 수 있을 정도의 자본을 보유하고 있습니다. 확실하게 서라벌상사와 남강상사를 합친 자산보다 많습니다."

"그런 가문이 석유 원유와 철광석 생산에 전력으로 뛰어든다는 말인가?"

"파운드화 공매도 때문인 것 같습니다. 정보국의 첩보에 의하면 그들이 저번 공매도 때 막대한 피해를 입었다 합니다. 보유하고 있던 자산 중 3할을 잃었다 합니다."

"정말로 많이 잃었군."

"조선의 원화가 기축통화인 만큼 파운드화나 불란서의 프랑을 기축통화로 만들려 할 겁니다. 그 첫번째 조건이 전략 자원이 거래될 때 통화로 선택되는 겁니다."

"트로츠키를 상대해야 하는데 성가신 상대가 나타났군."

"어쩌면 한 나라를 상대하는 것보다 힘들 수 있습니다. 하지만 능히 이길 수 있습니다."

로스차일드 가문에 대한 승리를 장성호가 장담했다.

그의 장담에 이희가 신뢰와 궁금함을 동시에 나타내면서 물었다.

"서양의 로스차일드를 어떻게 상대할 것인가?"

그리고 대답을 들었다.

"그들의 유전 탐사 방법은 구식 방법입니다. 철광산 탐사 방법도 마찬가지입니다. 아니, 애초에 우리와 비교할 수 없는 게, 우리는 세상의 모든 유전과 철광산을 알고 있습니다."

"아마도 그렇겠지."

"보통 채광 비용보다 탐사 비용이 비싼 편입니다. 우리는 검증된 곳에서 바로 원유를 채굴하고 광석을 캐내면 됩니다. 때문에 생산 단가가 그들의 생산 단가보다 훨씬 쌉니다."

정리해서 장성호가 이희에게 말했다.

"예전에 미리견의 록펠러가 썼던 방식이 있습니다."

"판매가를 떨어트려서 경쟁 회사를 파산하도록 만드는 방법을 말인가?"

"예, 폐하. US인더스트리도 그런 방식으로 록펠러가 파산시키려 했습니다만 도리어 그자의 스탠더드 오일이 인수되었습니다. 그 모든 원인이 우리가 전 세계의 유전 위치를 알고 있기 때문입니다. 가격 경쟁을 붙여서 우리는 끝내 로스차일드를 상대로 이길 겁니다. 아라비아나 파사국의 경제가 힘들어질 수 있습니다만 폐하께서 그들에 대한 지원을 허락해주신다면 그들 나라와 우호적인 관계를 계속 유지할 수 있습니다."

"짐이 윤허하노라."

"황은이 망극하옵니다. 폐하."

"반드시 로스차일드를 상대로 이겨라."

"예, 폐하. 황명을 받들겠습니다."

로스차일드의 회복을 견제하려고 했다.

장성호가 황명을 받들어 각 부서에 필요한 조치들을 하달했다.

그리고 내부대신인 이시영에게 로스차일드에 대한 이야기와 이희의 황명을 전하면서 내부와 관련된 국영기업인 조선광업과 조선 정유를 통해서 철광선 판매 가격과 원유 판매 가격을 조정했다.

리비아에 유정이 건설되면서 해당 유정에서 생산되는 원유를 사려는 업체들이 나타났다.

프랑스와 영국 회사의 관계자들이 로스차일드 가문 소유의 유정에 찾아왔다.

내티와 에두아르가 세운 회사 경영자가 업체 관계자들을 상대로 가격을 흥정했다.

"1배럴에 15파운드는 어떻소?"

"1배럴에 15파운드?"

"그렇소. 아라비아와 페르시아에서 생산되는 원유를 싣고 해상 운송을 벌이면 1배럴에 20파운드 수준의 비용이 발생하게 되오. 알다시피 20파운드면 현재의 환율로 고려 화폐로 약 2원 가량이오. 15파운드에 파는 것인데 충분히 싸지 않소? 어떻소?"

로스차일드 정유의 경영자가 가격을 제시했다. 그러자 업체 관계자들의 의견이 분분했다.

"15파운드면 싸긴 싼데……."

"하지만 지금 와서 구매처를 바꾸게 되면 고려 회사가 가만히 있을지 의문이오……."

"그러면 이쪽에서 이런 가격을 제시했다고 말하면서 고려 회사의 원유 판매가를 낮춰보는 것도 나쁘지는 않을 것 같소……."

수군거리는 이야기가 들렸다.

그 이야기를 들은 경영자는 인상을 쓰다가 목소리를 높이면서 크게 외쳤다.

"어쩔 수 없군. 1배럴에 10파운드에 팔겠소!"

"1배럴에 10파운드?!"

"그렇소! 친히 이곳까지 찾아와 주셨으니 반값에 팔아주겠소! 어떻소?!"

"1배럴에 10파운드면 당연히……!"

"지금 기회를 놓치면 다시 살 수 없소! 어서 와서 계약서를 작성 하시오!"

배럴당 10파운드 가격 제시에 업체 관계자들의 마음이 크게 흔들렸다.

조선 정유사와의 관계보다 당장에 얻게 되는 이익을 놓고 움직이기 시작했다.

그 모습을 보고 멀리서 지켜보던 내티와 에두아르가 미소 지었다.

그들이 보유한 파운드화의 부활이 이뤄질 것 같았다.

"원유로 이득을 보기는 글렀군. 배럴당 10파운드에 원유를 팔아야 하니 말이야."

"하지만 원유 판매로 파운드화가 쓰이기 때문에 가치가 높아질 겁니다. 파운드화의 가치가 높아지면 배럴당 10파운드의 가격을 더 떨어트릴 수 있습니다. 그러면 다시 원화와 기축통화를 놓고 대결을 할 수 있습니다."

"우리 프랑스의 프랑도 말일세. 이렇게 몇 년 동안 팔면서 유전을 더 찾아내면 끝내는 고려를 이길 수 있겠어. 장밋빛 전망이지만 말이야."

"근거 없는 전망도 아닙니다. 우리는 다시 부활해야 합니다."

"옳은 이야기일세."

업체 관계자들이 계약서를 작성하는 것을 지켜봤다.

그리고 작성을 끝내고 막 서명하려던 참이었다.

펜을 들고 계약서에 이름을 써넣으려던 순간, 관계자들과 함께 온 수행원들 사이에서 크게 소란이 일어났다.

"뭐…뭐라고 했어?"

"배럴당 50전?!"

"며칠 전만 하더라도 배럴당 2원이었잖아? 그게 어떻게 해서 반의 반 토막이 나?!"

전령이 가지고 온 소식에 수행원들이 경악했다.

그들의 되물음에 소식을 가지고 온 전령이 다시 흥분하면서 대답했다.

"저도 잘 모르겠습니다! 하지만 분명히 배럴당 50전입니다!"

"정말 50전이야?!"

"그렇다니까요!"

"맙소사! 그 말을 어떻게 믿으라고……!"

"의심되면 확인해 보세요! 제 귀로 똑똑히 들었어요! 배럴당 50전이라고요! 저도 믿어지지가 않아서 세번이나 물었어요!"

전령의 말이 믿어지지가 않았다. 아니, 절대로 있을 수 없는 일이라고 생각했다.

그럼에도 전령이 전하는 말은 진짜 같았다.

수행원들이 상사의 계약서 서명을 말렸다.

"지금 서명하시면 안 됩니다!"

그들의 외침에 상사가 펜을 놓고 와서 물었다.

"무슨 일인가?"

수행원들이 대답했다.

"고려에서 원유를 배럴당 50전에 팔겠다고 합니다."

"뭐라고……?"

"지금 막 들어온 소식이라서 확인부터 하시고 계약하셔야 됩니다. 배럴당 50전이면 로스차일드 정유사에서 제시한 가격의 절반 가격입니다. 사실로 확인되면 고려 회사와 계약을 맺으셔야 됩니다."

수행원들의 이야기가 믿어지지 않았다.

그만큼 조선에서 알린 원유 판매가는 파격적이었다.

업체 관계자들의 웅성거림에 무슨 일이 일어났는지 내티와 에두아르가 물었다.

그리고 조선에서 제시한 가격을 듣고 기막혀 했다.

로스차일드 정유사의 경영자에게 따지듯이 내티가 말했다.

"있을 수 없는 일이오!"

"하지만 진짜라고 합니다……."

"배럴당 50전이라니?! 그게 정말로 가능한 판매가요?! 그런 가격으로 원유를 팔면 분명히 파산이오! 그것도 몇 개월 안에 말이오! 업체 관계자들에게 쓸데없이 알아보지 말고 계약하라고 전하시오!"

"아…알겠습니다……."

"배럴당 50전이라니! 날조도 적당히 해야지, 원!"

계약을 이루지 못한 사실에 성을 냈다.

내티의 호통을 들은 경영자는 즉시 원유를 사려고 하는 사람들에게 계약서를 들이밀면서 서명하라고 다시 제의했다.

그러나 원유 판매 계약은 쉽게 이뤄지지 않았다.

조선 정유에서 제안된 가격이 진짜인지 확인해본다는 말을 전하고 전령이 오기를 기다렸다.

그리고 이틀 만에 전령이 도착했다.

"진짜입니다!"

"뭐?! 정말로?!"

"예! 배럴당 50전으로 원유를 판다고 합니다!"

"맙소사!"

대세가 기울었다.

"50전인데 굳이 여기서 기름을 살 필요가 없지."

"예전처럼 조선 정유사를 통해서 원유를 수입해야겠어."

"나도 마찬가지일세."

순식간에 유정 앞에서 사람들이 사라졌다.

그 모습을 로스차일드 정유의 경영자가 허탈하게 쳐다봤다.

내티와 에두아르는 기막힌 표정을 지었다.

"어떻게 이런 일이……."

"배럴당 50전이라고? 그게 가능한 가격이란 말인가……."

"놈들이 우리 회사를 파산시키려고 원유 가격을 폭락시켰습니다……."

"록펠러 때도 당했는데 이번에 또 당하다니……!"

"놈들은 정말로 우리에게 원수 같은 존재입니다!"

"빌어먹을……!"

분통이 터져서 미칠 것 같았다.

주먹 쥔 손을 부들부들 떨었다.

마음 같아서는 유정의 시설을 때려 부수고 싶었다.

다시 로스차일드가 조선에게 패했고 원유를 구입하는 수입업자들은 이내 리비아의 유정에 관심을 끊고 아라비아와 페르시아에서 생산되는 원유로 시선을 돌렸다.

그리고 매우 싼 가격에 원유를 수입하기로 계약하면서 매우 만족했다.

그 사실이 장성호에게 전해졌다.

그가 성한과 통신기로 교신을 이루고 있었다.

성한이 로스차일드를 상대하는 법을 알려줬다.

"정말로 과장님이 알려주신 방법대로 해서 이겼습니다. 그리고 로스차일드 가문이 보유한 스웨덴의 철광산도 계약을 못 맺고 있습니다. 우리 원유와 철광석이 훨씬 경쟁력이 있습니다."

─몇 달 지나면 파산할 겁니다. 그리고 그렇게 판매가를 떨어트렸음에도 수익을 내는 사실을 알게 되면 로스차일드에서는 결국 유정과 광산에 손을 뗄 것입니다. 그때 인수를 하면 됩니다.

"알겠습니다. 과장님."

성한이 예언했고 장성호 또한 그의 예언대로 될 것이라고 생각했다.

몇 달 뒤 로스차일드 정유사와 광업사의 경영이 어려워졌다.

내티와 에두아르는 두 회사를 살리는 것에 대해서 고민할 수밖에 없었다.

경영 정상화를 위해 투자금을 추가로 밀어 넣을 것인가 말 것인가를 고민했다.

그리고 조선 정유와 조선 광업의 경영 상태를 확인했다.

두 회사의 경영은 절대 위태롭지도 어렵지도 않았다. 순탄하게 자본이 잘 돌고 있었다.

"어떻게 배럴당 50전으로 원유를 팔고도 회사가 멀쩡할 수가 있지?! 이렇게 되면 추가로 투자를 해도 소용이 없게 되는 것이지 않은가?!"

"이제… 회사를 버려야 할 것 같습니다……."

"어떻게 이런 일이… 이건 정말… 있을 수 없는 일이야……!"

현실이 믿어지지 않았다.

영국과 프랑스 로스차일드 가문이 가진 모든 자산 중 무려 절반에 가까운 자산이 날아가면서 막대한 손해를 보았다.

그들은 리비아의 유정을 버릴 수밖에 없었다.

손해를 조금이라도 줄이기 위해 유정과 유전 지대를 경매에 붙여서 팔 수밖에 없었다.

그 경매에 조선 정유가 경매에 뛰어들었다.

로스차일드의 유정 자산을 인수하면서 내티와 에두아르는 다시 땅을 치면서 분통을 터트렸다.

스웨덴의 철광산도 마찬가지로 인수됐다.

그렇게 조선이 로스차일드를 상대로 대승을 거두는 듯했다.

조선의 기세에 밀려서 로스차일드가 역사의 뒤안길로 사라지는 듯했다.

그러나 그들이 부활을 꿈꿀 수 있는 기회가 이내 찾아왔다.

한 나라의 경제 위기가 그들에겐 기회가 되었다.

조선에서 발행되는 신문에 외국 경제의 소식이 기사로 쓰였다.

작은 소제목을 조선 사람들이 읽고 있었다.

[패전의 참화를 딛고 부활을 꿈꾸던 독일, 결국 파산하는가?]

[경기 부양을 위해 끌어들인 외채가 문제를 일으키다.]

[독일 정부의 발표. 외채 상환에 관한 문제는 존재하지 않는다.]

[국내외 경제학 교수들이 말하다. 독일은 경제는 지금 위기에 빠져 있다.]

아침에 회사에 출근하던 남자가 제목을 읽으면서 중얼거렸다.

"독일 경제가 위기라고…? 남의 나라의 정변이 어째서 경제 위기로 이어질 수 있는 거지……?"

조선 백성들이 크게 관심을 가지는 문제는 아니었다.

그러나 유럽에서는 독일의 경제 상황에 대해서 유심히 지켜볼 수밖에 없었다.

그리고 그들의 위기를 이용하는 자들이 있었다.

새로운 대결이 펼쳐지려고 했다.

국가 부도를 이용하라

　독일 제국이 패하면서 제정이 붕괴되고 공화정으로 변화했다.

　독일 국민들은 조선과 영국을 비롯한 승전국들의 감독을 받으면서 투표를 했고 그들이 원하는 정치인을 대통령으로 뽑았다.

　그 대통령은 패전으로 무너진 독일 경제를 일으키고, 승전국들에게 막대한 배상금을 지불하며, 독일 국민들의 생활수준을 높여줘야 할 의무를 안고 있었다.

　그러한 모든 것을 이루기 위해 경제 정책을 계획해서 실시했고 가시적인 성과를 이루는 등 전 국민들의 지지를 받고 있었다.

그러던 중 재앙의 징조가 나타났다.

원인은 독일의 한 기업에서부터였다.

'바겐'이라 불리는 자동차 회사가 있었다.

그 회사는 독일의 금성차, 남강차, 포드모터스로 불리는 회사였다.

독일의 자존심이라 외치면서 독일 국민들에게 바겐에서 제조하는 자동차를 사달라고 호소하는 회사였다.

꽤 많은 국민들이 국산이라는 이유로, 싸다는 이유로 바겐 차를 구입했다.

바겐은 거듭 성장을 하면서 공장 수와 직원들의 수를 늘려갔다.

몇 년 동안의 성장이 있은 후 기관을 납품하는 금성차에 대금을 치러야 하는 때였다.

회계를 정리하던 직원이 쓰고 있던 안경을 매만졌다.

"어?"

함께 정리하던 상사가 물었다.

"왜? 무슨 일이야?"

"그게… 값이 안 맞습니다……."

"값이 안 맞다니?"

"분명히 서류상으로는 매출 금액이 이렇고 수입 금액이 이런데 실제 정산해본 결과 서류 수입보다 실제 수입이 훨씬 적습니다. 이렇게 되면……."

부하 직원을 믿지 못한 상사가 자리를 옮겼다.

그리고 실제로 올라온 회계 문서와 정산 문서를 비교하면서 수입 부분에서 차이가 있는 것을 확인했다.

상사의 관자놀이에서 땀이 흘러내렸다.

"이렇게 되면 어떻게 되는 겁니까?"

부하 직원의 물음에 상사가 대답하지 못했다.

그는 곧바로 상부에 보고했고 그 차이가 의도된 것이라는 것을 알았다.

절대 밖으로 새어나가선 안 되는 일이었다.

그러나 비밀은 지켜지지 않았다.

독일 국민들이 영출기를 통해서 바겐에 대한 소식을 접하고 있었다.

[바겐 모빌에 대한 소식으로 뉴스를 계속 진행하겠습니다. 이번에 바겐 모빌에서 회계 문서 조작을 통해 수입이 10배로 부풀려졌으며 이로 인해 1924년 3분기 수입은 순수익이 아닌 순적자로 공식 확인되었습니다. 연방 검찰청에서는 바겐의 회계 조작이 얼마나 이뤄졌는지 추가로 수사할 예정입니다.]

독일의 자존심이라 불렸던 회사가 거짓으로 점철된 회사가 되었다.

영출기를 보던 독일 국민들이 안타까움을 드러냈다.

"맙소사 바겐 모빌이 회계 조작을 벌였다니⋯⋯."

"그러면 어떻게 되는 건가요? 바겐 모빌에 안 좋은 일인가요, 여보?"

"안 좋다 말하기 전에 범죄야, 범죄. 그래서 연방 검찰에서 수사를 벌이려고 하는 거고. 잘못하면 바겐 모빌이 망할 수도 있어."

남편이 아내에게 뉴스에서 나오는 소식에 관해서 설명했다.

아내는 바겐 모빌이 중대한 범죄를 저질렀다는 것을 인지했다.

독일을 대표하는 회사의 범죄에 독일 연방 검찰은 철저하게 수사를 벌여나갔다.

그리고 당분기 회계 조작뿐 아니라 1년 넘게 조작이 이뤄진 사실을 밝혔다.

그로 인해 조작을 지시한 경영자와 임직원들이 줄줄이 체포됐다.

바겐 모빌의 비리 문제는 이내 다른 회사의 문제로까지 번졌다.

영출기를 통해 독일 국민들이 정부 발표를 시청했다.

[바겐 모빌 외에 뮐러, 아인츠벨에 대해서도 회계 조작이 있는 사실을 확인했습니다. 현재 조작에 관련된 임직원들을 체포해 수사를 진행하고 있으며 정부에서는 이번 문제를 확실하게 털고 가기 위해, 민관을 가리지 않고 모든 기업과 부처에 대한 회계 감사를 벌일 예정입니다. 이상입니다.]

기업의 잘못으로 피해를 입는 것은 곧 국민, 특히 노동자였다.

그들은 비리를 매우 싫어했고 비리로 인한 자신들이 피해 받는 것에 대해서 크게 분노하는 존재들이었다.

그들은 독일 국민 중 다수를 이루고 있었다.

노동자들의 지지를 높이기 위해서 '바이마르 공화국'으로 불리는 독일 정부가 민관 전체에 대한 회계 감사를 벌여 나갔다. 그리고 결과 보고서를 받았다.

독일 국민들이 선택한 대통령의 집무실 책상 위에 문서가 올라왔다.

재무장관인 한스 루터가 굳은 표정으로 대통령에게 보고했다.

바이마르 공화국 대통령의 이름은 '프리드리히 에베르트'였다.

"예산 회계 문서에 기록되지 않은 외채가 발견되었습니다. 그것도 무려 원화로만 50억원입니다. 이 중에 10억원을 이번 달 안으로 갚아야 합니다."

보고를 들은 에베르트가 눈을 껌뻑이다가 루터에게 물었다.

"10억원을 이번 달에 갚아야 한다니…? 우리가 보유한 원화는 그러면 얼마나 있는 겁니까?"

"5억원입니다……."

"예……?"

"나머지 5억원이 있어야 하는데 이번 달이 아닌 다음 달

이 되어야 마련될 수 있습니다… 이대로면 채무 불이행이
이뤄집니다.”

“맙소사…….”

“재무부장관으로 각하께 죄송한 마음밖에 들지 않습니
다…….”

침통한 모습으로 루터가 고개를 숙였다.

독일의 부활을 꿈꾸던 에베르트는 믿어지지 않는다는 모
습을 보이면서 루터가 가지고 온 보고서를 펼치고 내용을
천천히 읽기 시작했다.

보고서를 읽다가 눈을 크게 키웠다.

그리고 떨리는 손으로 안경을 벗고 루터에게 강하게 이
야기했다.

“이 사실을 국민들에게 알려선 안 됩니다…….”

“예. 각하…….”

감당할 수 없는 채무의 짐이 에베르트의 어깨 위에 올려
졌다.

그 짐을 세상의 어떤 사람들에게도 보이지 않게 하려고
했다.

그 사이 독일 회사들의 회계 조작들이 드러나면서 감당
할 수 없는 적자를 기록한 회사들이 파산하기 시작했다.

그 여파가 다른 독일 회사에게 미쳤다.

독일 경제의 부양을 위해 정부에서 취한 정책을 독일 회
사들이 그동안 누려왔다.

외상을 법으로 제도화시킨 정책이었다.

그 정책 때문에 새로운 문제들이 생겼다.

한 회사의 사장이 은행에서 이상한 이야기를 들었다.

"뭐라고 하셨습니까? 대금 처리가 안 되었다니요?"

"그게, 대금하기로 한 회사가 파산하면서……."

"예?"

"죄송합니다, 고객님. 이 어음 수표로는 대금을 입금할 수 없습니다. 죄송합니다."

은행 직원의 말을 듣고 사장이 넋 나간 표정을 지었다.

그는 자신과 거래하는 회사로 찾아가서 문을 두드리면서 대금 처리를 하지 않은 사장에게 따지고 직접 돈을 받으려고 했다.

어음 수표로 대금을 받기로 한 다른 사장들과 함께 목소리를 높였다.

"군터 사장! 나오시오!"

"사장 나와!"

"어음 수표로 입금이 안 된다니! 이게 어떻게 된 일이오! 군터 사장!"

공장 문을 두드렸지만 안에서 들리는 소리는 아무것도 없었다.

사장을 찾으려고 담장 주위를 살폈고, 그러다 뒷담을 넘는 사장을 보면서 목소리를 높였다.

"군터 사장이다!"

"잡앗!"

사장에게 달려가서 그의 다리를 잡고 끌어내렸다.

그리고 담에서 떨어진 사장을 붙들고 따지기 시작했다.

구겨진 어음 수표를 들면서 소음을 일으켰다.

"군터 사장! 입금이 안 되잖소! 어떻게 된 것이오?!"

"미…미안하오! 미안하오!"

"우리 돈은 어떻게 된 거요?! 대금을 치를 수 있는 거요?!"

"미안하오…! 정말 미안하오!"

"미안하다고만 말하지 말고 정황을 제대로 설명하시오!"

멱살을 잡고 사장들이 물었다.

그들의 따짐에 군터라는 이름을 가진 사장이 울먹이면서 말했다.

대금을 치를 수 없는 이유가 있었다.

"나도 제대로 돈을 주고 싶소…! 우리 공장 직원들에게 월급을 주고 싶고 대금도 치르고 싶소…! 그런데 우리 물건을 사주기로 한 회사가 망했단 말이오……!"

"뭐…뭐요?!"

"거래 회사가 망해서 우리 또한 대금을 못 받았소… 정말로… 미안하오……!"

"……?!"

군터 사장의 말에 그를 붙든 사장들이 황망함을 느꼈다.

이미 손에 쥐고 있는 수표는 휴지조각이 됐고 그를 붙잡고 있어봐야 소용이 없었다.

사기죄로 처벌해도 절대 돈을 받을 수 없었다.

"어떻게 이런 일이……."

한 회사의 파산이 다른 회사의 파산으로 연결되었다.

그것은 미세한 징조였으나 곧 재앙의 징조가 되었다.

어음으로 맞물린 여럿 독일 회사들이 망했다.

그것이 독일 경제 전체로 번지지 않았지만 독일 회사에 투자한 외국인 투자자들에게 불안을 가중시킬 수 있었다.

나름의 정보통을 통해서 독일의 민관 재정 상태를 확인했다.

"요즘 정부의 재정 상태는 어떻습니까?"

"정부의 재정 상태요?"

"예. 민간 기업도 이렇게 회계 조작으로 난리인데, 정부 예산 회계가 바를 것이라 여겨지지 않거든요. 혹시 제게 줄 수 있는 정보가 있겠습니까?"

식사를 하고 차를 마시면서 영국의 투자자가 재무부 공무원에게 물었다.

공무원은 커피를 마시면서 주위의 눈치를 살폈다.

"고급 정보인데 워낙 위험해서……."

"이 정도면 되겠습니까?"

종이로 포장된 손바닥만 한 금괴를 식탁 위에 올려서 넘겨줬다.

금괴를 받은 공무원은 종이 포장을 조금 뜯어서 안의 금이 진짜인지 확인했다.

그리고 빠르게 그것을 챙기고 투자자에게 정보를 알려줬다.

"지금 정부에서 숨기고 있는 것이 하나 있소."

"어떤 것을 말입니까?"

"원화가 부족하오… 이번에 재무부 회계를 감사하다가 숨어 있던 외채를 발견하게 되었는데 총액만 무려 50억원이오. 그중 이번 달에 만기가 되는 외채를 갚아야 하는데 금액이 10억원이오. 그리고 정부의 원화 보유는 5억원이오."

"……."

이야기를 들은 투자자의 시간이 정지되었다.

한동안 멍하니 있다가 주위를 돌아보고 흥분을 가라앉히면서 조용히 말했다.

"나머지 5억원을 무슨 수를 써서라도 마련해야겠군요."

"그렇소. 나머지 5억을 마련하지 못하면 채무불이행이 되오."

"정부에서 대책은 마련되었습니까……?"

"아직 마련되지 않았소. 마련되었다면 이미 발표가 났겠지……."

정보를 듣고 투자자의 입가에서 미소가 피어났다. 재무부 공무원이 물었다.

"좋은 정보요?"

"금괴보다 비싼 정보인 것 같습니다. 알려주셔서 감사합니다."

검증이 필요한 정보였지만 신뢰성은 못해도 90퍼센트였다.

투자자가 자리에서 일어났고 차 값을 그가 직접 계산했다. 그리고 가게에서 나가자마자 즉시 금융 거리로 향했다. 다음 날 독일 주식시장의 주식 가격이 하락했고 그 다음 날에도 조금 하락했다.

셋째 날에도 하락이 이어지자 주식거래소 직원들이 이상하게 생각했다.

"뭐지?"

"오늘도 하락장이야?"

"이틀 내렸으면 오늘은 오르는 게 정상인데……."

"지난번에 바겐 모빌이 파산한 것으로 인한 것으로 보기엔 오래된 일이야. 하락하는 원인이 대체 뭐지?"

원인을 뚜렷하게 알 수 없었다. 그저 독일인들이 주식을 매수할 때, 영국인과 외국인들이 주식을 매도하는 것 정도만 알고 있었다. 그리고 하락의 폭도 크지 않아서 일시적인 거라고 생각했다.

다음 날이 되자 주식은 더 큰 폭으로 하락했다.

주식거래소 직원들이 문제가 생긴 것을 인지했다.

"이런!"

"프랑크푸르트 은행! 베를린 은행! 금융주를 중심으로 주식이 하락하고 있습니다!"

"하락 폭이 점점 커지고 있습니다! 3퍼센트! 맙소사, 방금 소식이 들어왔습니다! 5퍼센트 하락이라 합니다!"

"모든 주식이 하락하고 있습니다!"

주식 가격을 보여주는 숫자판이 변경되고 있었다.

고지를 받은 직원이 바쁘게 숫자판을 교체했다.

독일의 모든 주식이 7퍼센트에 이를 정도로 하락하고 있었다.

그 모습을 보고 증권을 손에 쥔 개인투자자들이 기막힌 표정을 짓고 있었다.

"대체 무슨 일이 일어나고 있는 거야……?"

나라에 큰일이 닥치지 않는 한 벌어질 수 없는 일이 일어나고 있었다.

단순한 정보를 가지고서는 갑작스런 주식 시장에서의 폭락을 분석할 수 없었다.

그때 투자자들 사이에서 이상한 이야기가 돌았다.

"외환이 부족하다니 그게 무슨 말인가?"

"그러니까 이번에 예산 감사를 벌이면서 미처 발견하지 못한 외채가 발견되었다고 하네! 이번 달 안으로 정부가 갚아야 할 외화도 무려 10억원이야! 그런데 보유고의 외화는 5억원에 불과하다고 하네!"

"맙소사, 그러면 지금 이렇게 주식이 팔리면 어떻게 되는 거야……?"

"주식이 팔리는 만큼 외화가 빠져 나가게 돼. 그것도 매우 빠른 속도로 말이야… 지금 들은 이야기들이 진짜라면 독일은 국가 부도 사태를 일으킬 수 있어! 빨리 주식 시장에서 철수해야 돼……!"

독일의 외환보유고가 바닥나기 직전이라는 사실이 알려졌다. 그로 인해서 주식을 쥐고 있던 외국인들이 먼저 주식을 매도했고 따라 독일인 투자자들이 주식을 매도했다.

한번 분위기에 휩쓸리자 반전은 절대 없었다.

폭락세는 다음 날에도 계속 이어졌고 독일의 외환 부족 사태가 세상에 알려졌다.

독일 국민들이 뉴스와 신문을 나라의 위기를 알게 됐다.

신문을 보면서 사람들이 아우성 쳤다.

"외화가 부족하다고 난리인데 정말 사실일까? 아직 정부에서 발표가 없잖아."

"발표가 없다고 해서 거짓말이라고 여길 수는 없어. 기사를 봐. 외화가 부족한 게 진짜니까 외국인들이 계속 주식을 파는 거잖아. 외화가 없으면 무역이 불가능해져서 국내 회사들이 연쇄로 도산하게 될 거야."

"정부에서 빨리 조치를 내려야 돼."

"조치를 내리기 전에 이게 진짜인지 정확히 발표해야 돼."

"그래 맞아."

점심시간에 모인 사람들이 이야기했고 공화국 정부에서 발표가 이뤄지기를 원했다.

독일 국민들의 분위기가 에베르트에게 전해졌다.

그는 의자에 몸을 기대면서 깊게 한숨을 쉬었다.

"결국 이렇게 되는군……."

루터가 침통한 분위기 속에서 에베르트에게 이야기했다.

"이제 더 이상 숨길 수 없습니다. 진실을 밝히셔야 됩니다. 각하."

"그래야겠지… 하지만 국민들이 걱정을 하게 만들 수 없소. 걱정은 두려움을 낳고 두려움은 우리가 예상하지 못한 참담한 일을 일으킬 수 있소. 그러니 솔직하게 이야기하되 그것이 충분히 해결될 수 있는 일이라는 것을 국민들에게 알리시오. 그리고 해결책을 찾아야 하오."

"예. 각하……."

"사자 떼가 달려들기 전에 해결해야 하오……."

마음으로는 위기를 넘어서야 한다는 의지를 다졌다.

그러나 머리로는 어떻게 그 방법을 찾아야 할지 고민을 해도 좋은 수가 떠오르지 않았다.

이러나저러나 반드시 국민들을 안심시켜야 했고, 사실을 알리면서도 외환 문제가 해결될 수 있다고 단호하게 말할 수밖에 없었다.

촬영기 앞에 선 루터가 직접 독일의 상황을 국민들에게 알렸다.

"말씀드렸다시피 이번 감사를 통해서 추가 외채를 확인했고, 현재 단기 이번 달 마지막 날까지 갚아야 할 단기 외채는 10억원입니다. 그리고 현재 보유하고 있는 외화는 그것보다 적은 상태지만 정부는 외국 정부와의 공조 하에 충분히 외화를 마련할 수 있습니다. 때문에 언론에서 우려하는 채무불이행 같은 파국은 절대 벌어지지 않습니다. 그러니 국민들께서는 정부를 믿고, 걱정을 떨쳐주시기 바랍니다. 이상입니다."

발표가 끝나자 기자들이 손을 들면서 질문했다.

"어떤 방법으로 외화를 마련한단 말입니까?!"

"현재 보유하고 있는 외화는 얼마나 됩니까?!"

"질문에 대답해주십시오! 장관님!"

기자들의 질문에 루터는 대답하지 않고 단상에서 내려와 그대로 기자회견장에서 떠났다.

독일 전체가 발칵 뒤집어졌다.

독일 정부가 외환 부족 사태를 진정시킬 수 있다고 확고하게 말했지만 그것을 진실로 믿는 사람은 거의 없었다.

오히려 정부의 공식 발표가 이뤄지면서 거짓말일 수 있다는 1할의 가능성이 완전히 사라진 셈이 됐다.

해결 방도의 유무를 논하기 이전에 독일의 외환보유량보다 채무액이 많은 사실이 진실이었다.

그러한 소식이 이웃나라들에게 전해지고 기축통화국인 조선에도 독일의 외환위기 소식이 전해졌다.

신문을 통해 백성들에게 독일의 소식이 들어왔다.

그리고 조선 조정과 황실에도 사실이 알려졌다.

장성호가 신임 탁지부대신과 함께 협길당으로 향했다.

신임 탁지부대신은 불혹을 조금 넘긴 나이로 자신이 일국의 대신이 된 사실에 부담을 가지고 있었다.

그가 협길당으로 향하면서 장성호에게 말을 걸었다. 그의 이름은 '한남수'였다.

"특무대신께 여쭙고 싶은 게 있습니다."

"뭡니까?"

"지금도 저는 제가 탁지부대신을 맡는 것이 옳은 일이지 모르겠습니다. 폐하께 저를 천거하셨다고 들었는데 특무 대신께서 보시는 저의 장점이 무엇인지요? 저는 제가 실력이 미천한 자라고 생각합니다."

겸손을 드러내며 자신에게 어떤 자격이 있는지 물었다.

그의 물음에 장성호가 대답했다.

"장점은 일단 연령에 걸맞게 능력이 좋습니다. 그리고 융통성이 없습니다."

"융통성이 없는 것은 단점이 아닙니까?"

"단점도 융통성이 없는 것입니다. 하지만 재무를 맡는 탁지부대신이 되기 위해선 그것은 더 이상 단점이 아닙니다. 돈을 주무르는 사람은 누구와도 타협하지 않아야 하고 정확해야 합니다. 그래야 비리가 없습니다."

장성호의 이야기를 듣고 한남수가 고개를 끄덕였다.

비로소 자신이 천거된 이유에 대해서 알게 됐다.

그에게 장성호가 한번 더 말했다.

"전임 탁지부대신 역시 그랬습니다. 그래서 명예롭게 낙향하신 겁니다. 저는 탁지부대신이 어윤중 대감을 대신할 수 있다고 생각합니다. 그러니 최선을 다해주시기 바랍니다."

"예. 특무대신."

칠순 넘도록 관직을 지키다가 영예롭게 은퇴한 어윤중을 기억했다.

그리고 장성호는 처음부터 한남수가 어떤 인물인지 알고

있었다.

또한 어떤 인물이 될 지에 대해서도 알고 있었다.

그는 나라를 되찾기 위해 전력을 다해서 힘썼던 자였다.

'대한민국 임시정부 재무부 차관이었으니 잘할 거야. 그만한 인물도 없으니 말이야. 그 성향이 어디로 가진 않을 거야.'

한남수와 함께 협길당 안으로 들어갔고 이희에게 목례하면서 앞에서 두 사람이 나란히 앉았다.

그리고 서양에서 들려온 소식을 곧바로 알려줬다.

미리 신문과 새소식을 통해 독일의 상황을 알고 있는 이희가 물었다.

"외화가 그렇게 부족하다면 독일의 미래는 두가지겠군. 그대로 파산을 하든지 돈을 어떻게든 마련해서 위기를 넘기든지."

"아마도 외화를 마련할 겁니다."

"짐도 그럴 것이라고 본다. 그럼에도 궁금증이 드는 것은 독일이 외화를 마련하지 않았을 때다. 채무 불이행이 이뤄지면 어떤 일이 일어나는가?"

이희의 물음에 한남수가 나서서 말했다.

"국가 신용을 잃게 되고 외화가 없기 때문에 수출입이 불가능해집니다. 그리고 떨어진 신용 탓에 추가적으로 외화를 마련하기도 힘들어집니다."

"그렇게 되면 독일 회사들이 줄줄이 파산하겠군."

"예, 폐하. 진정한 재앙이 펼쳐지기에 절대 그 길로 가도록 놔두지 않을 겁니다. 어떤 식으로든지 외화를 마련할 것입니다."

한남수의 이야기를 듣고 이희가 고개를 끄덕였다. 그리고 다시 물었다.

"만약 탁지부대신이라면 어떤 선택을 하겠는가?"

잠시 고민한 한남수가 이내 대답을 전했다.

"저라면 우리 조정에 원화 지원을 요청할 겁니다."

"마지막 선택이지 않는가?"

"마지막 선택이지만 유일한 선택이기도 합니다. 원화만한 외화가 없는데다 조선은 기축통화국입니다. 독일이 원하는 만큼 원화를 지원해줄 수 있습니다."

"그러면 독일이 우리에게 원화 지원을 요청하지 않는 이유는 무엇인가?"

독일 정부가 주저하는 이유에 대해서 물었다. 그 물음에 장성호가 대답했다.

"영국의 전례가 있기 때문입니다."

"짐과 백성들이 식민지를 요구할까봐서인가?"

"독일에게 식민지가 있다면 말입니다. 하지만 이미 패전한 독일엔 식민지가 없고 조정에선 다른 것을 요구할 수 있습니다. 아마 독일 정부에선 그렇게 생각하는 것 같습니다."

장성호의 대답을 듣고 이희가 되물었다.

"독일이 생각하는 대로 우리가 움직인다면, 그들에게 무엇을 요구하겠는가?"

생각 끝에 다시 장성호가 대답했다.

"금리 인상입니다."

"금리 인상?"

"그와 함께 독일 경제의 체질을 개선한다는 명목으로 합법화된 어음 제도를 즉시 폐지시킬 겁니다. 그것을 조건으로 원화를 지원할 것입니다."

"그렇게 하면 독일 회사들이 파산하겠군."

"파산하거나 파산 직전에 몰린 회사들을 우리 회사들이 사냥할 수도 있습니다. 그것을 독일 정부가 제일 우려하고 있습니다. 하지만 현재 그들에겐 선택의 여지가 없습니다. 결국 우리에게 원화 지원을 요청하고 우리가 내건 조건들을 수용할 겁니다. 독일 정부가 이것을 예상할 수 있는 만큼 다른 나라 정부나 금융인들도 예상할 수 있습니다."

"잘 차려진 수라상에 숟가락을 얹을 수 있겠군."

"숟가락만 올리면 다행인 일입니다. 하지만 여러 요리가 담긴 그릇들을 훔칠 겁니다. 그런 도둑들의 움직임을 예상하셔야 됩니다."

장성호의 이야기를 듣고 이희가 고개를 끄덕였다.

그리고 신중하게 생각한 뒤 황명을 내렸다. 차근차근 조치를 내리고자 했다.

"만약 독일이 조선에 원화 지원을 요청하면, 그것을 검토하되 어떤 조건을 내걸지 전략을 구상하라. 아니, 지금부터 전략을 구상하라. 짐은 독일이 경제적인 어려움에서 벗어나길 원하고, 조선의 국익도 취하면서 양국의 국민이 우의를 다질 수 있기를 원한다. 조정 대신들과 이를 논의해서 준비하라."

"예, 폐하. 황명을 받들겠습니다."

어려운 목표 달성을 하라는 황명이 내려졌다.

조선 만민과 독일 국민을 동시에 만족시키라는 명령에 장성호는 군소리 없이 그 명을 따르기 시작했다.

그리고 한남수는 매우 어려워하면서 고심했다.

이희의 목표가 너무나 높게 느껴지고 있었다.

"독일의 국민이 만족하려면 우리가 아무 조건도 달지 않아야 합니다. 그것이 가능하겠습니까?"

"조건이 문제가 아니라, 우리가 무엇을 얻을지가 문제입니다. 그리고 아무 조건을 안 걸어도 우리는 원하는 모든 것을 얻을 수 있습니다. 그것이 우리가 가진 진정한 힘입니다."

그때만 하더라도 장성호가 무엇을 말하는지 알 수 없었다.

그러나 조정에서 회의가 이뤄지기 시작하자 한남수는 상상도 못한 방법으로 국익을 취하는 길이 있다는 사실을 알게 됐다.

그 길이 서양의 한 명문 가문 위에 놓여 있었다.

독일의 외환 부족 사태가 로스차일드 가문에도 전해졌다.

소식을 듣고 내티와 에두아르가 다시 만났다.

파리에 위치한 로스차일드 당주 저택 응접실에서 하인들을 물리고 차분하게 이야기했다.

 본론을 이야기하기에 앞서서 서로의 근황에 대해서 물었다.

 연장자인 에두아르가 내티에게 물었다.

 "요즘 영국 쪽 당파는 어떠한가?"

 그의 물음에 내티가 홍차 한 모금을 마시고 대답했다.

 "최악입니다."

 "저번의 손해 때문에 말인가?"

 "예. 손해를 본 것도 모자라서 우리가 투자했던 유정이 고려 정유 회사에 전부 인수되는 바람에 자존심에 상처도 입은 상태입니다. 스웨덴의 철광산도 빼앗겨서 근 100년 이래 가문의 자산이 최대로 줄었습니다."

 "고려 놈들 때문에 우리 체면이 말이 아니군."

 "원수가 따로 없습니다."

 "영국 쪽과 마찬가지로 우리 쪽 사정도 비슷한 상태네. 때문에 어떻게 회복해야 할지, 잃은 자산을 어떻게 되찾고 다시 불려야 할지 고민했네. 지금은 그 고민을 지울 수 있는 기회가 찾아왔지만 말이야."

 "독일 외환 부족 사태에 대해서 말입니까?"

 "그것 외에 또 다른 기회가 있던가? 세상이 순탄하면 위기가 없고 위기가 없으면 기회 또한 존재하지 않네. 독일의 외환 부족 사태를 이용해야 하네."

 에두아르의 이야기를 듣고 내티가 고개를 끄덕였다.

그리고 앞으로 어떻게 해야 할지에 대해서 물었다.

"독일의 상황을 어떻게 이용하실 생각입니까?"

내티의 물음에 에두아르가 그에게 되물었다.

"앞으로 독일이 어떻게 할 것이라고 보는가?"

"그야, 외화를 마련하지 않겠습니까? 채무 불이행이 이뤄지는 순간 독일엔 생지옥이 펼쳐지게 될 겁니다."

"나도 자네 생각과 같네. 당연히 외화를 마련하겠지. 그렇다면 과연 어떤 나라를 상대로 외화를 지원받겠나?"

"저는 고려입니다."

"나도 고려일세."

"여기까지 왔으면 고려가 무엇을 요구할지도 알겠군요."

"안다기보다는 예상하는 것이지. 하지만 가장 높은 가능성을 가진 조건일세."

"어떤 조건인지 한번 동시에 대답해보는 것이 어떻겠습니까? 서로 맞춰보는 것도 재밌을 것 같습니다만."

내티의 제안에 에두아르가 미소 지었다.

그리고 두 사람은 동시에 한 단어를 말했다.

"금리."

서로의 답이 같은 것을 확인하고 다시 미소를 지었다.

"이만하면 우리가 세운 전략도 동일할 것 같습니다. 앞으로 전개되는 상황은 뻔하고 독일 정부와 고려 정부의 행동도 뻔할 테니 말입니다. 뻔한데 그 길을 걸을 수밖에 없습니다."

"금리가 인상되면 가장 큰 수익을 내는 것은 결국 이자지. 그리고 채권 가격이 높아지면서 시세 차익도 이룰 수 있고 말이야. 그래서 나는 독일 국채를 사들일 생각이네."

"저도 마찬가지입니다."

"우리 가문의 모든 자산을 투입해 보세. 독일과 오스트리아, 이탈리아 당파까지 끌어들여서 말이야. 독일은 우리에게 회복의 기회가 될 것이고 고려에 대한 반격의 기회가 될 것이네."

"예."

독일 정부의 조치를 예상하고 원화 지원 요청을 받은 조선이 어떤 요구를 할지에 대해서 예상했다.

사람은 본래 생존욕구를 가진 존재였고 생존의 안정을 위해 소유욕을 가지는 존재였다.

더 많은 것을 원하고 얻으려 하는 존재이기에 내티와 에두아르는 조선이 이득을 볼 수 있는 길을 택할 것이라고 생각했다.

독일 경제의 체질을 개선한다는 논리로 금리 인상을 요구해서 독일의 회사를 일거에 파산시키고 사냥할 것이라고 생각했다.

그것이 인간이 여태 보여 왔던 모습이었다.

그것을 예상하며 로스차일드 가문이 움직였다.

영국과 프랑스 당파를 대표하는 내티와 에두아르를 중심으로 독일과 오스트리아, 이탈리아에 흩어져 있던 가문의 사람들이 모였다.

그들에게 조선에 관한 이야기를 하고 아무런 행동 없이 지내게 될 경우 로스차일드 가문의 자산이 조선에 먹힐 수 있다는 이야기를 했다.

독일 외환 부족 사태로 인해서 기회를 갖게 된 사실도 알려줬다.

그리고 에두아르가 하는 말을 귀담아 들었다.

그와 내티의 제안을 따라 당파의 자본을 출연하고 독일 국채를 매수하는 데에 돈을 보탰다.

이틀 뒤 에두아르의 저택 응접실 탁자 위로 독일 정부 국장이 새겨진 무수한 채권이 쌓였다.

그것을 보고 삼국 당파의 사람들이 물었다.

"정말로 이것이 금보다 비싼 것이 되는 것이오?"

"그렇소."

"만약 고려가 금리 인상을 요구하지 않으면 어떻게 되는 것이오?"

"절대 그런 일은 없소."

"없다고 자신할 수 있소?"

"고려는 매우 탐욕적인 나라요. 선한 나라인 양 대외적으로 치장하지만 자신들이 원하는 것을 모두 얻고 있소. 그것을 감안하면 절대로 금리를 인상할 수밖에 없소. 만약, 놈들이 금리 인상을 하지 않으면 우리는 반드시 망할 것이오."

모 아니면 도였다. 그렇지만 인간이 가진 탐욕을 믿는 자들은 조선이 내걸 조건이 유일하다고 믿었다.

"한달 후에 축배를 올릴 준비나 하시오."

한달이나 기다릴 필요가 있을까라는 생각이 들었다.

당장 축배를 올려서 승리의 기쁨을 만끽하고 싶었다.

그렇게 독일 국채를 사들이고 독일 정부의 발표를 기다렸다.

*　*　*

시한폭탄에 달린 시계가 째깍째깍 하면서 바늘이 돌아갔다.

부족한 외화를 마련하지 못한 독일 정부의 고민이 이어졌다.

에베르트가 재무장관인 루터에게 물었다.

"아직 외화를 마련할 방법을 찾지 못했소?"

그리고 대답을 들었다.

"한가지 방법이 있습니다."

"어떤 방법이오?"

"고려에 원화를 지원해달라고 요청하는 것입니다. 그 방법은 처음부터 있었지만 선택지에 두고 싶지 않은 방법입니다."

그의 의견을 듣고 에베르트가 눈을 감고 고심했다.

그 또한 조선에게 원화 지원을 요청하는 것만이 유일한 방법이라고 생각했다. 그러나 절대 택하고 싶지 않았다.

파운드화 공매도로 무너졌던 영국을 기억하면서 조선이

무엇을 요구할지에 대해 두려워했다.

"영국에겐 식민지 할양을 요구했소. 그런데 우리에겐 식민지도 없으니 무엇을 요구할지 참으로 두렵소. 외무부장관을 불러서 논의해보겠지만 재무장관이 생각하기에 고려가 무엇을 요구할 것이라고 생각하고?"

"제가 예상하기에는 금리 인상과 어음 제도 폐지입니다."

"우리 기업을 노린다는 말이오?"

"영토 외에 우릴 상대로 거둘 수 있는 것은 그것밖에 없습니다."

루터의 대답에 에베르트가 참담한 표정을 지었다.

"그렇게 되면 우리가 망하는 것이 아니오……?"

"망하지는 않습니다. 다만 국민들의 삶이 힘들어지게 될 겁니다. 파산이 이뤄진 후 얼마나 많은 회사들이 고려 회사에 인수되고 회복되느냐에 있습니다. 그 기간이 짧아질수록 국민들이 감내해야 할 고통도 줄어들 겁니다. 우리 경제가 다시 살아날 수 있는 길은 고려의 도움을 받는 것밖에 없습니다."

선택의 여지가 없었기에 에베르트가 입을 다물었다.

한참을 고민하다가 그가 비서실장에게 지시했다.

"외무부장관을 부르시오. 즉시 고려에 원화 지원을 요청해야 되겠소."

선택지가 유일할 때 시간을 오래 끌어봐야 좋을 게 없었다.

결론을 정하고 고난의 길을 걷기로 했다.

그렇게 해서라도 독일 경제를 살리고자 했다.

외무부를 통해서 비밀리에 조선 조정에 원화 지원 요청에 관해서 문의했다.

그리고 장성호와 한남수가 이희를 찾아갔다.

궁궐 후원에서 활을 쏘고 있던 이희가 보고를 받았다.

"결국 우리에게 원화 지원을 해달라고 요청을 했군."

"닷새 후에 독일의 협상단이 도착합니다. 신과 탁지부대신이 그들을 상대할 겁니다. 좋은 결과가 있을 것이라 예상합니다."

전에 이희가 황명으로 내린 목표가 있었다.

장성호가 말하는 좋은 결과는 그 목표를 모두 이루는 것이다.

독일을 구하고, 조선의 국익을 챙기면서 양국 국민들의 우호를 증진시키는 것이었다.

사명을 안고 독일에서 온 협상단과 만남을 이뤘다.

독일 협상단의 대표는 재무부 장관인 루터였다.

그와 그를 보좌하는 수행원들은 막중한 임무를 안고 조국의 부활을 위해서 자침을 시켜야 했기에 표정이 좋지 않을 수밖에 없었다.

반면에 장성호를 대표로 하는 조선의 협상단은 차분한 분위기 속에서 그들과 협상을 벌이기 시작했다.

조선 조정의 배려로 독일 협상단이 묵는 숙소 대회의실이 협상을 위한 회의실로 쓰였다.

탁자가 두 협상단을 위해 각각 일렬로 배열되어 있었고 장성호와 한남수, 루터가 서로 마주본 상태로 앉아 있었다.

그리고 이야기를 잘 듣기 위해서 마이크로 불리는 음성증폭기와 스피커인 음성출력기가 함께 설치됐다.

협상을 위한 언어는 조선말로 이뤄졌고 그것을 위해서 독일 정부에서는 조선말에 능한 고급 통역원을 대동해서 회의를 진행했다.

장성호가 문서를 펼치고 루터에게 물었다.

"얼마나 필요합니까?"

장성호의 물음에 루터가 대답했다.

"원화 지폐로만 5억원이 필요합니다."

대답을 듣고 피식하면서 장성호가 다시 물었다.

"우리가 알기로 독일의 외채는 총 50억원인 것으로 아는데 5억원 가지고 되겠습니까? 5억원을 받고 단기 외채를 갚더라도 독일 경제를 굴릴 수 있는 추가의 외화가 반드시 필요합니다. 안정적으로 50억원을 지원받는 게 낫다고 생각합니다."

장성호의 말에 루터가 씁쓸한 표정을 지었다.

"그럴 수 있다면 그렇게 하겠습니다. 하지만 그렇게 했을 때 고려에서 과연 어떤 조건을 걸겠습니까? 그런 5억원만 지원받고 그에 합당한 대가를 지불하겠습니다."

루터의 이야기를 듣고 장성호가 한숨을 쉬었다.

"얼마가 되었든, 우리가 그쪽에 제시할 조건은 변하지

64

않습니다."

"무슨 뜻입니까?"

"말 그대로입니다. 독일 정부에서 얼마를 원하든 우리가 제안할 협상 조건은 동일하다는 뜻입니다."

"고려가 원하는 조건이 무엇입니까?"

루터가 조심스럽게 물었고 이번에는 장성호 곁에 있던 한남수가 입을 뗐다.

그가 독일 협상단에게 요구를 전했다.

"3년 안에 독일의 민관 재무를 망치는 어음 제도를 폐지하십시오."

"어음 제도를 말입니까?"

"그렇습니다. 어음 제도가 있으면 결국 그것은 나중에 가서 문제를 일으키게 될 겁니다. 미리 없애서 후환을 없애는 것이 낫습니다. 당장 폐지하면 충격이 클 테니 3년 기한을 드리겠습니다."

한남수의 말을 듣고 루터가 귀를 의심했다.

당장 폐지한다면 조선이 얻을 수 있는 게 많을 것이라고 생각했다.

그리고 독일은 많은 것을 잃을 게 분명했다.

그 길을 택하지 않자 루터가 황당한 반응을 보였다. 한남수가 이어 말했다.

"당장 폐지를 하면 어음으로 맞물려 있는 독일 회사들이 연쇄 도산하지 않겠습니까? 우리는 독일 국민들의 고혈을 짜내지 않을 겁니다."

"……?!"

절대 모르지 않았다. 그것을 언급했다는 것 자체가 조선은 그 길을 택할 수 있음에도 하지 않는다는 것을 나타내는 일이었다.

루터와 수행원들이 크게 혼란을 느끼는 가운데 장성호가 따로 준비되어 있던 문서 한 부를 펼쳐서 독일 협상단 앞에 놓았다.

그 문서는 독일 협상단에게 주어지지 않은 문서였다.

루터가 의문을 표할 때 장성호가 그들이 걱정하던 상황들을 이야기했다.

"금리 인상을 요구할 것이라 생각하지 않았습니까? 그렇게 해서 채무를 지고 있는 독일의 회사들을 망하게 해서, 어음으로 물려 있는 회사들이 도산하면 우리가 싼 값에 인수하며 사냥을 벌일 것이라고 걱정하지 않았습니까? 패전으로 인해 더 이상 넘길 수 있는 식민지도 없으니 말입니다."

"……."

"하지만 우리는 서양 제국들과 다릅니다. 영국으로부터 식민지를 할양받은 것도 온전히 그들 식민지의 독립을 위해서 받은 겁니다. 여러분들은 살아생전에 식민지 독립을 보게 될 것이고 그들의 발전을 보면서 우리가 약속한 바를 보게 될 겁니다. 그리고 독일은 우방국의 도움으로 위기를 넘을 겁니다. 우리는 함께 번영할 수 있다는 길을 보여줄 겁니다."

이야기를 듣고 루터의 심장이 강하게 요동쳤다.

문서를 살피면서 그 안에 조선이 진정으로 독일을 약탈할 수 있는 길이 펼쳐져 있다는 사실을 알게 됐다.

그리고 그 문서와 실제 협의에 쓰이는 문서를 비교했다.

독일과 조선 양 협상단이 펼친 문서 안에 4개의 조항이 있었고 그것이 조선 측에서 진짜로 내건 조건이었다.

그 조건을 보면서 루터와 수행원들의 눈동자가 세차게 흔들렸다.

제 1항. 한달 전의 환율로, 50억원 상당의 원화와 마르크화를 맞교환한다.

제 2항. 대조선제국 탁지부와 바이마르 공화국 재무부는 10년 기간 동안 50억원 상당의 원화를 맞교환할 수 있는 협정을 체결한다. 그리고 10년 후에 양국 부처 협의 하에 교환 상태 유지에 관한 갱신을 결정한다.

제 3항. 동월 동일로 3년 기한 내에 독일의 어음 제도를 폐지한다.

제 4항. 독일 정부는 인종과 성별, 종교의 차이에 대한 제제를 금지하고, 기회평등과 능력에 따른 공정함과 배려의 가치를 전 국민에게 교육한다.

4항을 보고 이상하다는 생각을 했다.

독일 협상단의 생각을 읽고 장성호가 말했다.

"우리가 추구하는 가치입니다."

"고려 제국의 가치……."

"우리가 추구하는 가치를 독일 또한 함께 해주기를 원합니다. 혹 4항에 대해서 마음에 안 드는 부분이 있다면 말해주십시오. 조율을 할 수는 있습니다."

그 말을 듣고 루터가 눈물을 흘렸다.

"제 4항은 조율을 할 수 있는 게 아닙니다… 이 조항은… 옳고 그름의 문제입니다… 어떤 누구도 4항을 지적할 수 있는 사람은 없을 겁니다……."

"그러면 이걸로 협의를 끝마쳐도 되겠군요."

"예… 정말로 감사합니다……."

머리를 숙이면서 루터가 감사의 뜻을 전했다.

그리고 수행원들 전부는 조선이 말하는 배려가 무엇인지 실제로 경험하면서 크게 감동을 받았다.

훌쩍이는 이들이 적지 않았고 조선은 차원이 다른 나라라는 것을 깨달았다.

곧바로 협정문이 정해지고 그 위로 양국 대표인들이 서명을 새겨 넣었다.

장성호와 악수하면서 루터가 환하게 웃으면서 말했다.

"우리는 국민들과 함께 대대로 고려의 위대함을 전승할겁니다. 감사합니다."

베를린으로 돌아가서 독일 협상단이 발표를 이루면 조정에서도 동시에 발표하기로 했다.

독일 국민들이 소식을 들으면 어떤 반응을 보일지 예상이 되었다.

그리고 그들의 안정과 우호를 이끌어내는 목표를 벌써 달성했다고 생각했다.

숙소에서 나오면서 아직 이루지 못한 목표에 대해 한남수가 물었다.

"독일을 구하긴 했지만 아직 우리가 얻은 이익이 없습니다. 이번 일로 금리 인상 요구에 건 자들이 망하고 그들의 것을 우리가 취할 수 있겠습니까?"

그의 물음에 장성호가 회심의 미소를 지으면서 말했다.

"반드시 취할 수 있습니다. 우리의 악함을 믿고 도박을 걸었을 테니, 우리는 그들의 악함을 이용할 것입니다. 악은 없애는 것이 아니라 다스리는 겁니다. 그것이 그들과 우리의 차이입니다."

인간의 본성인 탐욕을 절제하는 것과 절제하지 않는 것의 차이를 말했다.

욕심을 다스리면서 그로써 얻는 진정한 승리를 취하려고 했다.

그 말에 한남수는 장성호의 말대로 미래가 펼쳐지기를 원했다.

다음 날 독일 협상단이 원화 15억원 상당에 이르는 현찰과 함께 베를린으로 출국했다.

며칠 뒤 독일에 도착해 기자회견을 벌이며 기자들을 불렀다.

회견장 단상 위에서 루터가 직접 발표를 시작했다.

국민들 앞에 선 것과 다를 바 없는 그의 표정은 국난이 이뤄지는 상태에서도 그 누구보다 밝았고 내일을 기대하고 있었다.

루터가 독일 국민들에게 희소식을 전했다.

"이번에 저는 각하의 지시를 받아 고려 정부에 원화 지원을 요청하려고 한성으로 향했습니다. 그리고 고려 정부의 배려 끝에 협정문에 서명한 뒤 곧바로 15억의 원화를 화물기에 싣고 함께 돌아왔습니다. 15억원의 원화는 1차로 들이는 것이고, 2차로 15억원, 3차로 20억원의 원화가 들어옵니다. 이를 합쳐서 총액은 50억원이기에, 우리가 갚아야 할 외채를 모두 갚는 것과 같습니다. 때문에 외화 부족 사태는 이제는 종결되었다는 사실을 알립니다."

기자들의 표정이 자다가 몽둥이를 맞은 듯한 표정이었다.

루터가 질문을 받겠다고 말했다.

"질문을 받겠습니다."

곧바로 질문이 나오지 않았다. 그만큼 재무부의 중대발표는 충격적이었다.

한참동안 기자들끼리 웅성거리다가 한 기자가 손을 들었다.

"저, 지…질문이 있습니다."

"자기소개를 하시고 질문하십시오."

"함부르크 신문사에 소속된 기자인 얀 발터라고 합니다. 이번에 고려에서 총액 50억원에 이르는 원화를 들인다고 했는데 그것 또한 외채가 아닙니까? 언제까지 갚아야 하는 겁니까?"

루터가 미소를 지으면서 대답했다.

"갚지 않아도 됩니다."

"예?"

"원화를 받는 방식은 외채가 아닌 맞교환 방식입니다. 고려는 50억원의 원화를 우리에게 주고, 우리는 한달 전의 환율로 50억원 상당의 마르크화를 고려에게 넘깁니다. 그리고 그 상태로 10년 동안 유지할 수 있고, 별다른 협의 요청이 없으면 그대로 갱신됩니다. 10년 후에 화폐 교환을 종결하겠다고 한다면 처음 바꿨을 때의 금액 그대로 돌려놓습니다. 또 질문 있는 분 있습니까?"

다시 질문이 있는지 묻자 이번에는 여러 기자들이 손을 들었다.

답변을 들은 기자가 기막힌 표정을 짓는 가운데, 루터가 손짓으로 질문을 하라고 한 기자에게 허락하자 그는 다소 굳은 표정을 지으면서 루터에게 물었다.

그는 조선이 공짜로 화폐 교환을 허락하지 않았을 것이라고 생각했다.

"고려 정부에서 아무 대가 없이 우리가 바라는 대로 해주지 않았을 것이라 생각합니다."

"맞습니다."

"고려에서 우리 정부에 요구한 조건은 무엇입니까? 솔직하게 대답해 주십시오."

솔직하게 말해달라는 말에 루터가 한번 미소를 지었다.

그리고 조선이 독일 정부와 국민들에게 요구한 것이 무엇인지를 알렸다.

"방금 대답해드린 두가지 외에, 다시 두가지 요구 조건이 더 있습니다. 한가지는 어음 제도를 3년 안에 폐지할 것, 이것은 어음 제도가 우리에게 시한폭탄과 같은 제도가 될 것이 분명하기에 고려가 우릴 걱정해서 요구한 것입니다. 그리고 다른 하나는 인종과 성별, 종교의 차이에 따른 제제를 금지하고, 기회평등과 능력에 따른 공정함, 배려의 가치를 국민들에게 교육하라고 요구했습니다. 이것이 전부입니다."

답변을 듣고 기자가 황당하다는 표정을 지었다.

"믿어지지가 않습니다."

"맞습니다. 저도 믿어지지 않습니다."

"어떻게 우리 원하는 대로 살려주면서 아무 것도 요구하지 않을 수 있습니까? 영국을 상대로 고려가 취했던 조치들을 생각하면, 죄송하지만 장관님의 답변을 믿기가 너무나도 힘듭니다. 이면 조약이나 숨겨진 구두 합의 같은 것도 없습니까?"

다시 기자가 묻자 루터가 웃으면서 고개를 가로저었다.

"없습니다. 대신 고려 정부에서 한가지 사실을 밝혀달라고 했습니다."

"어떤 것을 말입니까?"

"만약 다른 나라 같았다면 우리 경제의 체질을 고치겠다는 논리로 금리 인상과 당장 어음제도 폐지를 요구했을 거라고 말입니다. 그렇게 되었다면 나라는 망하지는 않지만 국민들은 정말로 힘겨운 시간들을 보냈을 겁니다. 적어도 10년 동안은 말입니다. 그리고 금리 인상으로 우리 회사들이 파산하면 고려 기업이 싸게 인수할 수 있게 됩니다. 그것을 고려가 할 수 있었음에도 하지 않은 것을 밝혀달라고 부탁했습니다."

답변을 듣고 기자들이 혼란에 빠졌다.

어째서 조선이 그런 선택을 하고 그들 나라의 선한 모습을 세상에 보여주고자 했는지 이해되지 않았다.

루터가 다시 설명했다.

"영국과 우리는 다릅니다. 영국은 여전히 식민지를 보유하고 있고, 우리는 식민지가 없기에 고려가 그토록 주장해 온 민족자결주의에도 반하지 않습니다. 고려가 보여주고자 하는 것은 다른 나라의 위기를 기회로 삼아 그 나라의 것을 취하고 자국의 이익만을 챙기는 길을 걷고자 하는 것이 아닌, 함께 손을 잡고 내일의 영광을 꿈꾸는 것입니다. 그것이 고려에서 말하는 배려입니다. 우리는 그들에게 감사해야 됩니다."

답변을 듣고 기자들이 조용해졌다.

그리고 그들이 가지고 있던 모든 의문들은 그야말로 아무 소용이 없는 의문이 되고 말았다.

조선 조정에서 행한 조치는 보통 사람들이 생각하는 방식을 완벽하게 뛰어넘었다.

조용해진 기자들을 보면서 루터가 말했다.

"지금의 회견이 끝나면 고려와 맺은 협의문 전문을 공개할 것입니다. 그것으로 그들의 진심을 알고, 약속의 이행을 보면서 그들이 어떠한 나라인지 알게 될 겁니다. 영국과 약속했던 식민지 독립을 포함해서 말입니다. 세상의 그 어떤 나라조차 고려보다 선함을 가진 나라는 없습니다."

기자회견이 끝났고 엄숙한 분위기 속에서 루터가 나갔다. 이어 조선과 맺은 협정문 전문이 공개됐고 1항부터 4항으로 이어지는 조항들을 기자들이 직접 목격했다.

그 앞에서 촬영기가 바삐 움직였다.

그날 저녁, 파리에 위치한 에두아르의 저택에서였다.

그의 저택에 로스차일드 가문의 각국 당파 수장들이 모여서 영출기 앞에 앉아 뉴스가 나오기를 기다렸다.

조선으로부터 독일이 원화를 지원받았다는 소식을 듣고 한껏 기대감을 나타냈다.

내티가 주먹을 불끈 쥐면서 흥분하여 각 국 당주들에게 말했다.

그 자신들의 승리를 확신하고 있었다.

"원화를 지원받았으니, 고려 또한 무언가를 반드시 취했을 겁니다."

"그리고 그것은 금리 인상밖에 없겠지."

"그럼요! 그렇고말고요! 그것 외에 고려가 독일로부터 얻을 것이 뭐가 있겠습니까? 결국에 우리가 이겼습니다! 하하하!"

웃음을 터트리면서 방송이 시작된 뉴스를 보았다.

뉴스에 등장한 진행자가 독일에서 있었던 소식을 주요 뉴스로 전한다고 말했고 조선과 독일이 서로 화폐를 맞교환하기로 한 것을 시청자들에게 알렸다.

거기까지는 로스차일드 당주들이 미리 짐작한 것이었다. 그리고 그들이 진정으로 소원하는 조선의 금리 인상 요구와 그것을 독일 정부가 받아들인 사실이 알려지기를 원했다.

그러나 아무리 기다려도 그것에 관한 소식은 다뤄지지 않았다.

"뭐야⋯⋯?"

"어째서 금리 인상에 관한 이야기가 없어?"

"어떻게 된 거야?"

뉴스 방영이 시작된 지 20분가량이 지나고 나서야 협정문에 관한 이야기가 다뤄졌다.

[이번에 독일 정부에서는 고려와 맺은 협정문 전문도 함께 공개했습니다. 그만큼 독일 국민들에게 이면합의나 구두합의가 없다는 것을 증명하는 것이겠지요. 피레 기자가 취재했습니다.]

눈알이 튀어나올 정도로 당주들이 영출기에 집중했다.

그리고 4개의 조항으로 이뤄진 합의문 전문을 보고 당황했다.

내티가 눈동자를 이리저리 굴리면서 중얼거렸다.

"금리 인상이 없어…? 이게 어떻게 된 거지……?"

등골에서 서늘함이 느껴졌다. 다른 당주들도 크게 당황했다.

"어떻게 된 거야, 이거?"

"3년 안에 어음 제도 폐지라는 조건만 걸려 있소……."

"공정과 배려라니…? 이건 또 무슨 개떡 같은 이야기야……?"

영출기 안에서 기자가 취재를 마무리 지었다.

[이렇듯, 고려가 독일과 맺은 협정의 조항은 총 네가지입니다. 외교를 전공한 교수와 전문가들 중에선 고려 정부가 금리 인상이라는 대가를 요구를 할 수도 있다는 의견을 냈지만 이번에 포함되지 않았습니다. 고려 정부에서는 네번째 조항에서 언급된 배려를 실천하기 위해서…….]

"말도 안 돼! 어떻게 이런 일이! 아아악!"

내티가 벌떡 일어나면서 소리를 질렀다.

함께 있던 로스차일드 당주들의 얼굴이 납빛이 되면서 뉴스를 계속 시청했다.

그리고 최고 연장자인 에두아르에게 물었다.

"이렇게 되면… 어떻게 되는 겁니까……?"

떨리는 목소리로 에두아르가 대답했다.

"우리가 사들인 채권 가격이 오를 일은 절대 없네… 50

억원 상당의 마르크화가… 조선에 넘어갔기 때문에… 물가 유지를 위해서 금리가 인하될 게야… 그렇게 되면 채권 가격은 결국…….."

"떨어지게 된다는 말입니까……?"

"그래… 그야말로 막대한 손해가…….."

"에두아르 당주……?"

"으윽……!"

"으윽……!"

"에두아르 당주! 에두아르 당주! 정신 차리십시오! 에두아르 당주!"

충격을 받고 에두아르가 쓰러졌다.

가슴을 움켜쥐면서 매우 고통스러워했다.

다른 당주들이 그를 살리려고 주치의를 불렀다. 그러나 의사가 왔음에도 에두아르는 쉽게 의식을 차리지 못했다.

알 수 없는 소리를 크게 질렀다가 이내 혼절하면서 정신을 잃었다. 결국 주치의와 하인들의 도움을 받아서 침실로 실려 갔다.

그 모습을 로스차일드의 다른 당주들이 목도했고 그들이 산 채권을 보면서 울상을 지었다.

눈물을 뚝뚝 흘리면서 내티와 당주들이 분루를 삼켰다.

"어떻게 이런 일이 있을 수 있단 말이오……?"

"아무 것도 요구하지 않았다니… 이건 정말 말이 안 되는 이야기요…….."

"고려가… 우리 가문을 완전히 망쳐놓았소…….."

한 가문의 미래가 뒤엎어졌고 유럽의 미래가 다시 바뀌었다.

* * *

다음 날 아침에 가판대마다 신문이 채워졌다.

부유하지 못한 사람들은 신문을 통해서 나라 안팎과 전 유럽에서 일어나는 소식을 확인했다.

독일 정부가 조선으로부터 원화를 받은 사실이 세상에 알려졌다.

그리고 그 과정이 어떻게 이뤄졌는지, 조선의 특무대신이 독일 재무장관에게 어떤 말을 했는지 만천하에 공개되었다.

신문을 읽던 독일 국민들이 감동받았다. 남녀노소와 직업을 가리지 않고 조선이 남긴 발자취를 기억했다.

"3년 안에 어음 제도를 폐지하는 것 외에 아무 것도 요구하지 않았다니……!"

"솔직히 어음 제도가 편하기는 하지만 위험한 제도이긴 해. 한 회사가 망하면 그와 거래하는 회사가 싹 다 망하는 거니까."

"어떻게 이렇게 쉽게 돈을 줄 수가 있는 거지? 나였다면 고려 특무대신이 한 말마따나 금리 인상을 요구하고 우리 회사들을 사냥했을 거야."

"이게 바로 고려라는 나라야! 고려니까 이런 걸 할 수 있는 거야! 세상에 어떤 나라도 고려와 비교될 수 없어!"

"이런 나라가 전쟁을 치른다면, 우린 목숨을 걸어서라도 함께 싸워야 해!"

"맞아!"

"옳은 이야기야!"

외화 부족으로 주식이 매도되면서 자본 줄이 막히며 연쇄부도에 휘말릴 뻔했던 회사가 있었다.

그 회사의 직원들은 조선인을 은인 이상의 은인으로 여기기 시작했다.

그리고 그 분위기는 곧 독일 전역으로 번졌다.

독일에서 일하는 한 조선인이 함께 사는 가족과 식당에 가서 음식을 먹으려고 했다.

그들의 방문에 주방에 있던 가게 주인이 직접 나왔다.

"혹시 고려인이오?"

"예. 고려에서 왔습니다."

"오! 고려인이라니 정말 반갑구려! 독일을 살려준 나라에서 왔으니 고려인은 우리에게 전부 은인이오! 그러니 무엇이든지 주문하시오! 우리 가게는 당분간 고려인들로부터 돈을 받지 않을 거요! 마음껏 주문하시오!"

조선인들은 처음에 어색해 하다가 조금씩 감사하다고 말하면서 그들의 대우를 받아들이기 시작했다.

자신들의 자녀까지 존대를 받으면서 조선인으로 사는 것의 자부심을 느꼈다.

그래서 앞으로 어떻게 지내는지가 더욱 중요했다.

"형석아. 나연아."

"네. 아버지."

"여기 사람들이 우릴 대우해주는 만큼, 우리 또한 마찬가지로 이들을 존대해야 된다. 알았지?"

"명심하겠습니다."

"사람이 대우를 잘 받을 때, 잘 대하는 게 예의다."

"네."

아비가 자녀들을 가리키면서 절대 오만한 자로 성장하지 않도록 만들려고 했다.

그러한 독일의 사정이 조선에 전해졌고 외부와 장성호를 통해서 보고를 받은 이희가 흡족한 미소를 지었다.

백성들이 대접받는다는 이야기가 그 스스로가 받는 것처럼 느껴졌다.

"짐이 다 기분이 좋군. 백성들이 귀하게 여김을 받는 것은 짐에 대한 존경과 같다. 짐의 백성들이 이리 대우를 받으니 매우 기쁘다. 이 모든 게 경들 덕분이다."

"폐하께서 목표를 세워주셨기에 가능한 일이었습니다. 황은이 망극하옵니다. 폐하."

서로가 서로에게 칭찬했고 찬양했다.

이희의 고결한 의지와 장성호와 대신들의 능력이 합쳐져서 조선과 독일 양국의 우의가 다져지게 됐다.

이제 이희가 말한 목표 중 한가지가 남아 있었다. 그 목표를 어떻게 이룰 것인지에 대해서 장성호에게 물었다.

"우리가 금리 인상을 요구할 것이라고 보고 독일의 채권을 사들인 자가 있었다고 들었다."

"예. 폐하."

"그들이 이번에 막대한 손해를 입었다고 하던데 맞는가? 그들이 소유한 회사들을 이제 인수할 것인가?"

이희의 물음에 장성호가 대답했다.

"예. 폐하. 그들의 회사를 조선 회사들이 인수할 겁니다."

"그 자들은 영길리와 불란서의 투자자들인가?"

"정보국으로 보고된 첩보가 로스차일드라고 합니다."

"로스차일드……."

"그들이 우리가 악행을 벌일 것이라는 것에 전 자산을 걸었다가 크게 손해를 입었습니다."

전에 로스차일드에 대한 이야기를 들었다.

유럽의 경제계를 좌우하는 가문으로 그에 대한 관심을 이희가 나타낸 적이 있었다.

파운드화 공매도로 인한 피해와 리비아 유정 사업과 스웨덴 철광석 사업의 실패로 막대한 손해를 입었다는 이야기를 들었다.

전 자산을 독일 채권에 걸었다가 다시 큰 피해를 입었다. 장성호가 말하는 회사는 그들이 소유하고 있는 회사들이었다.

이희가 미소를 보이면서 로스차일드의 대표 회사를 물었다.

"지금 그들이 소유하고 있는 유명한 회사가 어떤 회사인가?"

장성호가 대답했다.

"독일을 대표하는 프랑크푸르트 은행과 불란서 파리에 위치한 로쉴트 은행, 포도주 제조사, 그 외의 많은 회사와 주식 지분들이 있습니다. 그들의 것을 우리 회사와 미리견의 회사들이 취할 겁니다."

미국 회사는 성한이 대리하는 회사들이었다.

대답을 듣고 이희가 고개를 끄덕였다.

"로스차일드의 회사를 인수케 하라. 사람의 사악함을 이용하려한 자들은 벌을 받아야 함이 마땅하다."

황명을 받들면서 장성호가 협길당에서 나왔다.

그는 미리 서라벌상사와 남강상사 등에 정보를 주면서 로스차일드의 기업 인수를 준비했다.

그리고 성한이 연락 받고 미국의 회사들도 인수 준비에 나섰다.

얼마 지나지 않아 손해를 감당하지 못한 로스차일드 가문 당주들이 그들이 소유하고 있던 회사의 지분들을 내놓기 시작했다.

병상에 누웠던 에두아르가 겨우 일어나서 음식을 떠먹고 있었다. 그가 침대에 앉아서 음식을 먹고, 지팡이를 짚으면서 자리에서 일어났다.

젊은 하인이 기력이 쇠한 그의 몸을 부축하려고 했다.

그러나 에두아르는 손을 들면서 도움을 받지 않았다.

비틀거리면서 걷다가 창문 앞에 있던 의자에 앉아서 한

숨을 쉬었다. 그리고 창문 밖을 바라봤다.

그의 비서가 와서 인사하자 에두아르가 전날 시켰던 일을 처리했는지 물었다.

"주식 지분은 매수되었는가?"

비서가 굳은 표정으로 대답했다.

"예. 당주님……."

"다행이군. 그런데 표정이 왜 그러한가?"

"그게……."

말하기가 힘들었다. 아니, 두려웠다.

한참을 망설이다가 비서가 보고했다.

"주식을 매입한 회사가 고려 회사입니다."

"뭐……?"

"금성차의 본사인 서라벌상사라고 합니다… 그뿐 아니라 로쉴트 가문 사람들의 회사 주식들을 다른 고려 회사들이 인수했습니다… 고려 황제가 대리인을 내세운 미국 회사들도 인수에 뛰어들어서……."

"……?!"

보고를 듣고 에두아르의 표정이 일그러졌다. 그의 숨이 거칠어지다가 다시 손으로 가슴을 부여잡았다.

"설마… 이 모든 게… 고려의 계획이었단 말인가…?! 우욱……!"

"당주님! 당주님! 이런! 의원님을 부르시오! 어서!"

다시 에두아르가 쓰러졌다.

그리고 그는 더 이상 쓰러진 자리에서 일어나지 못했다.

주치의가 달려와서 그를 소생시키려고 애썼지만 소용이 없었다.

그렇게 프랑스 로스차일드 가문의 당주가 숨졌다.

그 외에 다른 당파의 회사들이 속속들이 조선 회사와 미국 회사에게로 지분이 인수되었다.

고급의 대명사로 알려진 프랑스 포도주 회사의 소유주가 프랑스인에서 조선의 회사로 바뀌었고 프랑크푸르트 은행의 대지분이 조선의 국영금융 기업인 산업은행으로 인수되면서 독일의 금융권이 조선에 속하게 됐다.

이미 조선이 독일을 구해준 전적이 있어서 독일인들은 그들의 금융이 조선에 속한다고 해서 반발하지 않았다. 소유주는 바뀌었지만 노동자가 피해를 보는 일은 없었다.

"돈독이 오른 로스차일드 보다는 차라리 고려의 회사나 경영인이 소유하는 게 나아."

"고려가 금리 인상으로 우릴 망하게 할 것이라 예상하고 채권을 매입했다니! 아예 벌을 받은 게지!"

독일어로 번역된 뉴월드타임스에서 독일 국채를 로스차일드 가문에서 매입했던 사실을 폭로했다.

그 배경이 알려지면서 독일 국민들은 로스차일드 가문에 대해 깊은 배신감과 분노를 느꼈다.

그리고 그들의 몰락이 당연히 이뤄져야 한다고 생각했다.

조선 황제가 대주주로 있는 US인더스트리가 로스차일드 소유의 화학회사를 인수했고, 영국에 위치한 몇 개의 은행도 조선의 외환은행이 인수하면서 로스차일드의 빈 자리를 조선과 미국이 빠르게 채워갔다. 그로써 조선이 유럽에 막대한 영향력을 행사할 수 있게 됐다.

유럽 신문사들이 제각각의 시선으로 기사를 냈다.

[축복인가, 재앙인가, 고려의 자본이 유럽을 침공하다.]
[고려 황제의 자본이 투입된 회사의 노동자는 훨씬 높은 임금을 받는다.]
[고려 회사에 인수된 회사의 근로자, 삶의 질이 나아질 것.]

현실을 알리면서도 긍정적인 기사들이 쏟아져 나왔다.
기사를 읽는 유럽 사람들은 자신들의 시선으로 의견을 나타냈다.
프랑스에 금성차와 남강차 공장이 세워져 있었고 그곳에서 일하는 수많은 직원들이 있었다.
또한 협력사의 직원들이 있었으니 그들의 수는 10만명이 넘는 큰 인원이었다. 그들은 조선의 회사가 노동자를 어떻게 대우해주는지 알고 있었다.
"로쉴트 밑에 있는 것보다 고려 황제의 회사나 고려인들 밑에서 일하는 게 낫지."
"고려의 회사는 프랑스의 다른 회사보다 무려 임금이 2배야. 그것도 고려 회사가 있으니 2배 차이로 좁혀진 거지, 없었다면 정말 거지 같이 살았을 걸?"

"일주일에 5일만 일하고 저녁 5시에 퇴근할 수 있다는 게 어디야. 저녁 근무도 50퍼센트 이상 오른 시급을 받고 일하고, 상여금도 두둑하지. 내가 볼 때는 우리에게 좋은 일이야."

"프랑스 정부에 예산도 꼬박꼬박 잘 내는데 나쁜 일은 절대 아니지."

"암."

우호적인 분위기가 형성되어 있었다.

그 분위기를 깨려고 몇몇 신문사가 토혈하듯이 기사를 써서 프랑스 국민들의 분위기를 반전시키려고 했다.

그러나 통하지 않았다.

"고려 마음대로 쥐락펴락 하게 될 거라고?"

"쥐락펴락해도 고려가 쥐락펴락 하는 게 낫지."

"나는 프랑스인이지만 프랑스인이 운영하는 회사에서 노예처럼 살 바에 고려인이 되겠어. 차라리 그게 나아."

비판적인 논조로 기사를 쓴 신문을 샀다가 괜히 샀다고 짜증을 내면서 길가에 집어던졌다.

그 신문사의 수익이 나빠지면서 여러 신문사들은 조선이 프랑스를 침공할 것이라는 기사를 함부로 쓰지 않았다. 조선의 자본이 투입된 회사들과 은행들은 전과 마찬가지로 영업을 벌여나갔고 직원들은 자신들의 임금이 높아질 것이라고 기대했다.

그리고 실제로 그들의 바람이 이뤄졌다.

"들었어?!"

"뭐가?"

"이번에 고려에서 대주주 기업 관계자들이 왔는데 사내 유보금이 너무 많다고 노동자들에게 풀라고 지시를 내렸어! 그리고 신기술 개발도 할 거래!"

"뭐? 진짜?!"

"고려 회사가 대주주가 되니까 다르기는 정말 달라! 로쉴트 가문이 대주주인 것보다 훨씬 나아!"

조선에 대한 찬양이 높아지고 있었다.

그런 분위기가 바다 건너 영국에도 전해지면서 오히려 조선의 자본 침략을 걱정하기보다 노동자들을 위한 경영을 기대하며 크게 환영했다.

로스차일드의 회사를 인수한 미국 회사들도 똑같은 경영 방식을 예고했다.

유럽의 금융과 기업들을 인수하면서도 반발은 거의 최소화되었다. 그에 대한 이야기를 장성호와 성한이 통신기로 교신하면서 나눴다.

웃음과 기쁨이 끊이질 않았다.

"뭐, 우리 시대에서야 로스차일드 가문의 재력이 많이 낮아져서 상징적인 것으로만 간주되지만, 이 시대의 로스차일드를 상대로 경제 전쟁에서 승리할 줄은 몰랐습니다. 과장님."

―그들에겐 모두가 새로운 일들이지만 우리에게는 유사한 경우더라도 학습이 되어 있는 일이니 말입니다. 그래서 그 큰 공룡을 쓰러트렸습니다.

"이제 유럽의 노동 환경이 많이 바뀔 겁니다. 그동안 우리 회사를 통해서 맛보기를 보였다면 이제는 진정으로 그들 나라들의 환경을 바꿔나갈 수 있을 겁니다."

─유럽인들의 인식도 나쁘지 않고, 지금이야말로 기회입니다. 우리가 여태 이미지를 잘 구축해왔던 것도 그것을 위한 것이었으니 말입니다.

"계급투쟁으로 선동하는 자들의 공격 기회를 미리 봉쇄해야 됩니다."

─맞습니다.

공격받을 수 있는 구실을 만들려고 하지 않았다.

그것이 바로 노동자들에 대한 배려였다.

그것만이 선행되면 그들은 노력으로 얻는 대가를 얼마든지 존중해줄 수 있었다.

정당한 노력으로 자수성가를 일군 부자를 진심으로 존경하는 세상으로 만들고자 했다.

─이제 정면대결입니다.

"예. 피할 수 없는 대결입니다."

─그저 과거에 오게 된 우리가 우리 후손들만 잘살고자 만드는 세상이 아닙니다. 우리 후손들이 잘살려면 세상 사람들 또한 충분히 잘살아야 합니다.

"공생과 화합의 중요성을 저도 잘 알고 있습니다."

─인류를 위합시다. 시기와 질투가 만들어내는 괴물과 싸워서 이기는 겁니다.

"예. 과장님."

공정과 배려의 가치가 만들어내는 위대한 성과를 이루고
자 했다. 그것으로 평등의 단어로 위장한 질투의 허상을
밝히려고 했다.

이제는 조선이 아닌 인류 전체를 구해야 할 때였다.

신조선
新정기

무력과 폭력의 사이에서

창문을 통해 햇빛이 잘 드는 어느 교실이었다.

교실에 가지런히 배치되어 있는 책상 앞 의자에 갈색과 금발 머리카락을 가진 남녀 아이들이 앉아서 교탁 앞에 서 있는 선생님을 쳐다보고 있었다.

선생님은 손에 쥐고 있는 두개의 작은 막대를 보이면서 그것이 무엇인지, 어떻게 쓰는 것인지를 알려주고 있었다.

아이들의 책상마다 위로 똑같은 막대 두개가 한 쌍으로 놓여 있었다.

"얘들아. 이게 뭐라고 했지?"

"젓가락이요."

"그래. 젓가락이야. 동양에서 식기로 쓰는 것이고, 특히 고려에서 사람들이 어릴 때부터 쓰는 식기야. 우리에겐 포크나 나이프 같은 좋은 식기들이 있지만 그것은 편리하기만 하고 젓가락처럼 지적이질 못해. 이렇게 쥐어보고 움직여 보렴. 다들 쥐었니?"

"예. 선생님."

"움직여 보니까 어때?"

"어려워요."

"그 어려운 것을 고려에서는 어렸을 때부터 훈련했기에 매우 쉽게 사용한단다. 그리고 그것으로 너희들 앞에 있는 콩을 그릇에 담을 수 있어. 앞으로 학교에서 10분씩 콩 옮기는 것을 연습할 거야. 그렇게 하면 너희들도 고려인들처럼 머리가 좋아진단다. 알았지?"

"예. 선생님~"

"집에 가서도 젓가락으로 음식 먹는 것을 연습하렴."

"네~"

아이들이 해맑게 웃으면서 선생님에게 답했고 약 10분 동안 젓가락 연습이 이뤄졌다.

아이들 중에 콩을 젓가락으로 집어서 그릇 위에 담는 것을 잘하는 아이는 옆의 친구들에게 자랑을 하면서 자기의 머리가 뛰어나다고 신나했다.

그리고 아이들은 집에 가서 음식을 먹을 때 포크와 나이프를 사용하지 않고, 미리 음식을 잘라둔 뒤 젓가락으로 집는 연습을 했다.

그렇게 음식을 먹어도 아이들의 부모는 혼을 내거나 음식을 바로 먹으라고 말하지 않았다.

"학교에서 젓가락질을 배웠니?"

"네. 엄마."

"정말 선생님께서 현명하신 분이구나. 어제 신문에서 고려 사람들이 머리 좋은 이유가 젓가락질 때문이라고 했는데, 너도 열심히 젓가락질을 배워서 뛰어난 사람이 되려무나. 알았지?"

"네. 열심히 배울게요."

학자들이 조선을 연구하기 시작했고, 조선이 강국이 된 이유와 무엇이 타국과 다른지 사람들에게 알리기 시작했다.

언론은 매우 중요한 매체가 되었고 특히 방송국과 영출기를 통해서 그들만의 지식을 사람들에게 주입하기 시작했다.

안경을 쓴 한 학자가 촬영기 앞에서 열띤 강의를 해나갔다.

그의 모습이 영출기 안에서 펼쳐졌다.

[우리는 고려라고 부르고 고려 사람은 자신들을 조선 사람이라고 부르죠. 예부터 고려에선 홍익인간이라는 말을 썼습니다. 홍익인간의 뜻은 인간을 널리 이롭게 한다는 뜻이죠. 그리고 거기에서 공정한 경쟁과 배려라는 가치가 중

시되었습니다.

만약 우리가 고려만한 국력을 가지고 있었다면 어떻게 되었을까요? 멀리 갈 것도 없이 불과 20년 전의 우리 모습만 살펴도 알 수 있습니다. 아니, 고려를 제외한 전 세계만을 보아도 알 수 있죠.

정치인은 국민을 위한다는 논리로 약소국의 것을 약탈하고, 기업인은 기업의 이익을 위해서 노동자들을 노예처럼 다룹니다. 그리고 노예 같이 사는 국민들은 정치인에게 약소국의 것을 약탈하라고 요구를 하죠. 그렇게 만들어진 것이 우리가 생각하는 제국입니다. 그러나 고려는 그런 제국과 달리하는 나라입니다.

식민지의 독립을 인정해주고, 막 독립한 약소국들에게 지식을 나눠주는 대신 그들의 자원들을 조금씩 가져갑니다. 그런 나라가 여러 나라에 이르니, 고려는 자원이 부족하지 않는 나라가 되었고, 진정한 강국이 되었습니다. 여러 나라의 지지와 존경을 받는 나라로 말이죠.

무엇이 그들을 그렇게 만들었을까요?

저는 고려의 부모가 자식의 교육에 많은 것을 쏟고 희생하는 부분이 한가지 요소라고 봅니다. 그리고 또 하나, 고려가 그토록 주장하는 배려에 있다고 생각합니다.

배려가 없으면 부자와 빈민의 차이가 극대화되고, 서로가 서로를 살피고 존경할 수 있으면, 그 차이가 좁혀져서 미래를 위한 새로운 가능성으로 변합니다.

결과는 둘째 치고 더 많이 도전할 수 있는 기회의 길이 열립니다.

그것이 강국이 되는 길입니다. 세상의 모든 나라가 그런 배려를 가질 수 있다면, 아마도 인류는 분쟁이나 전쟁 같은 오류를 최소화하고 최대한 빠르게 위대해질 것입니다.

노력과 성과를 중시하는 것은 기존의 유럽 제국들도 마찬가지입니다. 하지만 그들 나라와 고려의 차이는 공정함과 배려의 유무 차이입니다.

그것이 고려를 세계 유일의 강국으로 만들었습니다.]

바이마르 공화국의 한 국회의원이었다.

동시에 그는 사회를 분석하는 학자이기도 했다.

'에두아르트 베른슈타인'이 교육 방송을 통해 독일 국민들을 가르치고 계몽해가고 있었다.

그는 약자에 대한 배려가 경쟁에서 발생되는 부작용을 완화시킬 수 있다고 말했다.

계급과 빈부, 나라와 인종, 성별, 모든 부분에서 배려를 적용할 수 있다고 말했다.

그것으로 배려를 행하는 자는 누구에게든지 그럴 수 있는 능력을 존경받는다고 말했다.

그의 강의를 독일 국민들이 감명 깊게 시청했고 신문을 통해서 노동자들이 배웠다.

아이들은 어릴 때부터 조선이 추구했던 가치들을 배우기 시작했다.

그렇게 변화가 이뤄져갔다.

식민지에서 살았다가 독일에 강제로 끌려온 뒤, 패전 후 식민지의 주인이 바뀌면서 독일에 그대로 눌러서 살게 된 흑인들이 있었다.

그들은 처음에 독일의 국민으로 인정되지 않았지만, 몇 달 전에 조선과 독일 맺은 협정문 4항에 의해 독일의 국민으로 받아들여졌다.

독일의 문화와 법을 따르며, 독일 말과 문화를 자식에게 가르친다는 조건으로 국민이 되었다.

하지만 처음에 그들은 국민으로 여겨지지 않고 차별을 받았다.

법은 이미 그들의 권리를 보장하고 있었지만 사람들의 인식이 법을 따라가지 못했다.

그러나 그것에서도 변화가 이뤄지고 있었다.

흑인 사이에서 태어난 아이가 마르크화를 들고 사탕을 사려고 했다.

그러자 사탕 가게의 주인이 인상을 쓰면서 크게 소리쳤다.

"검둥이가 어딜 감히 백인 가게에 들어와? 꺼져!"

그의 외침에 흑인 남자아이가 울 것 같은 표정을 지었다. 그러나 이내 지지 않고 소리쳤다.

"저는 독일인이에요!"

"뭐? 네가? 웃기는군!"

"도…독일 말도 하잖아요! 이제는 독일 사람이라고요!"

아이의 말을 듣고 가게 주인이 그 아이가 어떤 아이인지 알았다.

"독일 말을 한다고 다 독일인이야? 그리고 미개한 식민이 어디서 감히 우리 국민이라고 거짓말을 해?!"

아이가 독일인이라는 것을 인정하지 않았다.

그때 신사복을 입은 한 남자가 사탕을 주인에게 보여주면서 가격을 물었다.

"얼마입니까?"

주인이 아이에게 한번 더 소리치고 대답했다.

"재수 없게 장사 방해하지 말고 꺼져! 아, 20페니히입니다."

"20페니히… 여   습니다."

"감사합니다."

1마르크는 100페니히였다.

신사가 값을 지불하면서 막대 사탕을 샀고 그것을 이내 흑인아이에게 넘겨줬다.

사탕을 주는 신사를 보면서 가게 주인이 황당함을 느꼈다.

그리고 흑인 아이는 어리둥절했다.

"받거라. 네 것이다."

"……."

"이 아저씨를 대신해서 내가 사과하마."

중년의 신사가 사탕을 넘겨줌에 흑인아이가 머뭇거리다가 사탕을 받았다.

그리고 신사에게 감사의 뜻을 전했다.

"고맙습니다……."

"열심히 공부해서 훌륭한 독일인이 되거라."

"예……."

아이의 상처가 지워지길 원했다.

아이가 사라지자 눈높이를 맞춰서 자세를 낮췄던 신사가 몸을 일으켰다.

그리고 떨떠름한 표정으로 보고 있던 가게 주인에게 말했다.

"부끄럽지 않습니까?"

"뭐가 말입니까?"

"저 아이는 누가 보더라도 독일인입니다."

"독일 말을 할 줄 안다고 다 독일인입니까?"

"우리 법으로 인정을 받은 아이입니다. 요즘 영출기와 신문에서 고려를 배우자고 난리인데 거기 있는 신문은 장식으로 두신 겁니까?"

"……."

신사가 계산대 옆의 신문을 가리키면서 말하자 가게 주인은 할 말을 잃고 인상을 쓰기만 했다.

그런 주인의 양심에 신사가 못을 박았다.

"아까 전의 그 아이에 대한 배려가 우리에게 훌륭한 미래를 가져다 줄 겁니다. 그 미래를 자진해서 없애려 하지 마십시오. 우리는 절대 옛날로 돌아가선 안 됩니다."

독일의 미래가 달린 일이었다. 그것은 영출기와 신문을 통해서 사람들이 수도 없이 말하는 이야기였다.

신사의 설교에 주인은 침묵으로 대답을 대신했다.

그리고 신사는 자신이 본래 하려 했던 것을 하며 딸기잼이 담긴 병을 계산대 위에다 올려놓았다.

가격을 물었고 이내 주인이 말하는 대로 값을 치렀다.

한번 더 주인을 보면서 신사가 말했다.

"많이 파시기 바랍니다."

안 좋은 감정에서도 예의를 지키는 말이었다. 그것은 또 다른 배려였다.

신사가 나가자 가게 주인이 투덜거렸다.

"제가 뭔데 나에게 이래라 저래라야……."

말은 그렇게 해도 가슴에 찔리는 무언가가 있었다.

그리고 독일 사회에서 누군가가 잘못을 저지르면 그것을 지적하고 말할 수 있는 자들이 늘어났다.

그것은 절대 간섭이 아니었다.

함께 손을 잡고 나아갈 수 있음을 알려주는 것이었다.

작지만 핵심적인 변화들이 이뤄지고 있었다.

그리고 그 변화는 온 유럽으로 번져가고 있었다.

동쪽의 이상가들이 그런 변화를 지켜보고 있었다.

*   *   *

"공정과 배려라고?"

"예. 주석 동지."

"그것이 고려가 추구하는 가치란 말인가?"

"예. 그리고 지금 온 유럽으로 전파하고 있습니다. 특히 독일이 조선과 맺은 협정을 기반으로 인민들을 교육하고 있습니다."

"평등이라는 단어는 쓰던가?"

"기회평등이라는 말에 쓰는 것으로 압니다. 다른 것에는 일절 쓰지 않고 있습니다."

"결과평등은 아닌가 보군."

"아무래도 그런 것 같습니다. 주석 동지."

모스크바 궁전인 크렘린이 트로츠키의 관저이자 집무를 보는 곳이 됐다.

스탈린과 그 일파를 숙청하고 소련을 손아귀에 쥐게 된 트로츠키는 여세를 몰아 유럽을 포함한 전 세계의 공산 혁명을 위해서 계획을 짜고 실천에 옮기려고 했다.

그 와중에 독일에서 외화 부족 사태가 일어났다. 그리고 조선이 독일을 돕는 것을 지켜봤다.

트로츠키가 그때의 일을 기억하고 있었다.

"놈들이 독일을 돕는 것만 보면 고려가 여느 봉건 국가와 다르다고 생각할 수 있지만, 그것은 놈들의 본질을 보지 않고 행동만 보고서 판단하는 것이오. 고려는 세상의 자본가들을 주무르는 기축통화국이고, 엄연히 빈부의 차이가 있는 계급제 국가요. 자신들의 이익을 위해서 자본가들이 당당히 노동자들을 착취하는데, 공정과 배려? 모든 것이 평등하면 공정이란 말이 왜 필요하고 배려가 왜 필요하겠소? 평등한 공산화 앞에서 공정과 배려는 전혀 의미가 없는 말이오. 놈들이 그런 것을 앞세우는 것은 어떻게 해서든지 우리의 혁명을 막기 위해서 벌이는 선동이오. 절대 놈들의 위선에 속아서는 안 되오."

"예. 주석 동지."

치체린과 프룬제를 비롯한 공산당 위원들에게 말하면서 그들의 정신을 일깨웠다.

그들 중에 조선이 보여주는 모습에 조금이나마 매료된 자들이 있었다.

트로츠키는 그들이 가진 환상을 깨면서 혁명이라는 사명에 다시 의지를 불러일으키기 시작했다.

세상 모든 사람들이 평등하고 나라조차 평등하면 굳이 경쟁을 할 이유도, 공정할 이유도, 배려가 있을 이유도 없다고 생각했다.

궁극의 이상향이 이뤄지면 만인 행복을 반드시 이룰 수 있다고 생각했다.

그때까지 처절한 희생과 핏값이 필요할 수밖에 없었다.

트로츠키가 공산당 인민평의회 주석의 직책으로 지시를 내렸다.

"사람을 보내서 우리의 가치를 전하는 것이오. 평등과 공산화야말로 진정한 낙원이라는 것을 말이오. 놈들이 공정과 배려로 숨기려하는 불합리한 사회 구조를 드러내고 모조리 부수는 것이오."

"예! 주석 동지!"

계급의 차이가 있다는 것을 인식 시키고 투쟁으로 그것

을 부수고 혁명을 이루려고 했다.

트로츠키의 지시를 받아 혁명화에 능한 당원들이 서유럽 각국으로 스며들었고 수면 아래에서 잠잠히 움직이기 시작했다.

이념이 부딪히기 시작했다. 그리고 패배를 인정했을 때 그것을 뒤집을 수 있는 수단은 단 한가지밖에 없었다.

오직 폭력만이 패배를 승리로 바꿀 수 있는 유일한 길이었다.

그 길을 천군이 미리 막으려고 했다.

*   *   *

부산포 북동쪽과 울산 남쪽의 고리라는 곳에서 원자력 발전소가 완공되었다.

조선의 첫 원자력 발전소 완공을 축하하기 위해서 이희와 대신들이 고리 원자력 발전소로 향했다.

발전서로 향할 때 한빛이라 불리는 고속전철과 차량을 이용했다.

색 띠가 둘러진 화려한 단상이 차려져 있었고 그 아래에 방송국 기자와 신문사 기자들이 모여서 취재를 진행했다.

그리고 발전소에서 일하게 될 직원들이 있었다.

이윽고 조선의 무궁한 영광을 바라는 애국가가 울려 퍼지고 국기경례가 이뤄진 뒤 단상 위에 오른 이희가 연설했다.

연설문은 궁내부에 속한 황실 비서실을 통해서 도움을 받아 직접 작성한 연설문이었다.

그가 생각하는 진심 어린 당부가 전해졌다.

"금일은 경사스런 날이다. 조선 최초로, 세계 최초로 원자력을 이용하는 발전소가 건설되었으니, 앞으로 전기의 시대를 맞이하여 우리는 넘쳐나는 수요를 이곳에서 완공된 원자력 발전소를 통해서 감당할 것이다.

이를 통해 조선의 무궁한 발전이 이뤄지리라.

그러나 어디까지나 이것은 시작인 바, 고리 원자력 발전소는 30년 기한으로 운용이 될 것이며, 우리는 보다 뛰어나고 안전한 기술로 전기를 생산하는 발전소를 지을 것이다. 그래서 30년 후에는 이 자리에서 건설된 발전소를 반드시 폐할 것이다.

짐이 경사스런 완공식에서 이 말을 직원과 만민에게 전하는 이유는, 우리는 멈추지 않고 끊임없이 전진할 것이기 때문이다.

원자력 발전소는 창대한 미래로 향하는 문이 될 것이며, 그 문을 열고 조선 만민이 당당하게 걸으리라.

우리는 절대 이 발전소에서 만족하지 않을 것이다.

나음보다 더 나음이 있다는 것을 우리는 언제나 확신한다."

축하와 기쁨을 전하는 연설이기보다, 새로운 도전 과제

를 던져주는 연설이었다.

그러나 그것이 오히려 새로움이 되었다.

황제의 신선한 연설에 발전소에서 일하는 직원들과 그것을 지은 책임자와 인부들은 가슴에 새로운 동기를 안고 앞으로 살 것이라 다짐했다.

단상 아래에서 만세 삼창이 이뤄졌다.

"만세! 만세! 대조선제국 만세!"

"만세! 만세! 대조선제국, 황제 폐하 만세!"

다시 한걸음 앞으로 나아갔다. 이희가 원자력 발전소를 완공시킨 대신들과 악수하면서 축하했다.

그의 앞에 박은성이 있었다. 칠순에 이른 나이라 이제는 머리카락 중에 검은 머리카락은 단 한 가닥도 없었다.

그와 이희의 나이가 비슷했다.

"과학기술부대신."

"예. 폐하……."

"경이 힘써준 결과, 조선이 원자력으로 전기를 발전할 수 있게 되었다. 그리고 나라를 지킬 수 있게 되었다. 참으로 감사하다."

"신의 힘과 의지만으로 한 것이 아닙니다. 폐하의 성찬에 몸 둘 바를 모르겠습니다. 황은이 망극하옵니다. 폐하."

목례로 감사의 뜻을 전했다.

그리고 이희가 연달아 김인석과 장성호의 손을 맞잡았다.

그들이 있지 않았다면 원자력 발전소 완공은 있을 수 없는 일이었다.

사람들을 물려놓고 이희가 조용히 말했다.

"시험은 언제인가?"

"한달 후에 치를 예정입니다."

"짐이 친히 참관할 것이다."

신무기의 위력 시험을 보겠다는 의지를 드러냈다.

그의 말에 장성호가 근심하는 표정을 지으면서 말했다.

"신은 폐하의 옥체가 염려됩니다. 시험을 벌이는 곳도 저 먼 북쪽 동토에 위치해 있으니 신들이 찍은 영상으로 보여드리겠습니다."

장성호의 말을 듣고 이희가 고개를 가로저었다.

"영상으로 보는 것보다 짐이 직접 볼 것이다. 그래야 그것이 얼마나 위험한 것인지 실감하지 않겠나. 백성과 만국인은 몰라도 짐은 알아야 한다."

다시 의지를 드러냈다. 이희의 뜻에 장성호가 김인석이 서로 쳐다보고 어쩔 수 없다는 것을 알았다.

"알겠습니다. 하오면, 폐하께서 은밀히 참관하실 수 있도록 준비를 하겠습니다."

길도 제대로 나 있지 않은 곳에서 무기 시험을 벌이고자 했다.

때문에 가는 길은 험할 수밖에 없었고 시간도 오래 걸릴 수밖에 없었다.

이희가 움직이면 그에 따른 대신들과 관리도 따라 움직

일 수밖에 없었다.

그래서 세상의 시선이 향하지 않도록 미리 철저하게 준비해야만 했다.

원자력 발전소 가동이 이뤄지고 변전소와 변압기에서 전기가 송출되자 주위의 가로등에서 불빛이 들어왔다.

그러자 사람들이 박수를 치면서 감탄했다.

고리 원자력 발전소에서 생산되는 전기는 울산에 위치한 조선소와 자동차 공장 등에 보내질 예정이었다.

발전소 회의실에서 연회가 펼쳐졌고 그곳에서 장성호가 이희를 대신해 술잔을 들었다.

"대조선제국과 황제 폐하, 무궁한 미래와 인류의 영광을 위하여!"

"위하여!"

술잔을 비웠고 웃으면서 전진해나가는 조선의 미래를 기대하며 기뻐했다.

서로에게 격려와 축하의 말을 전했다.

그때 궁내부에 속한 관리가 한양에서 전해진 소식을 듣고 인상을 굳혔다.

이후 급히 이희에게 달려와서 목례했다.

"무슨 일인가?"

그의 굳은 표정을 보면서 이희가 물었다. 그러자 관리가 대답했다.

"대궐에서 온 급보입니다."

"대궐에서?"

"황후마마께서 쓰러지셨다 합니다. 폐하."

"……?!"

급보를 듣고 놀란 이희의 눈동자가 커졌다.

곁에 있던 대신들도 놀람을 감추지 못했고 발전소 직원들이 뒤에서 웅성거렸다.

충격적인 소식에 잠시 생각에 잠겼던 이희가 이내 웃으면서 대신들과 직원들에게 말했다.

"금일은 경사스런 일이다. 어차피 한양까지 가는 길은 먼 길이니, 짐은 오늘이 있게 해준 대신과 직원들을 격려할 것이다."

그의 말에 모든 사람들이 안쓰러워했다.

장성호가 나서서 이희에게 말했다.

"폐하. 아뢰옵기 황송하오나, 신들과 직원들은 이미 폐하로부터 충분히 격려 받았습니다."

"하지만 짐은 직원들에게 포상을……."

"맡겨주신다면 신과 총리대신이 폐하께서 윤허해주신 위임으로 포상 조치를 내리겠습니다. 이미 폐하의 하해와 같은 은혜를 입었습니다. 그러니 환궁하셔서 황후마마를 살피시옵소서. 신들과 직원 만민이 바라는 것은 폐하께서 황후마마를 살피는 것이옵니다."

"……."

이희가 침묵한 가운데 김인석이 한번 더 말했다.

"환궁하셔서 황후마마를 살피시옵소서."

"……."

이어 다른 대신과 직원들이 함께 간청했다.

그들이 이희와 민자영을 생각하자 이희가 짧게 고심하고 발걸음을 옮겼다.

"환궁하겠다."

그의 뒤를 따라 대소신료들이 함께 움직였다.

성대한 축하 연회는 생각보다 빠르게 끝을 맺게 되었고 최대한 빠르게 한양으로 돌아왔다.

민자영이 제중원에 입원했다는 사실을 알게 되면서 급히 제중원으로 향했다.

특별 병실 앞에는 황실 근위대가 자리를 지키고 있었다.

안에는 민자영을 보필하는 궁녀들이 있었고 의원들이 있었다.

미리 태자인 이척이 와서 어미인 민자영을 살피고 있었다.

"태자."

"아바마마."

"황후가 어쩌다 이리 되었느냐?"

아비인 이희의 물음에 이척이 차분하게 대답했다.

"어의 말로는 부정맥이라고 합니다."

"부정맥?"

"심장이 바르게 뛰어야 하는데 순간적으로 빈혈이 왔다고 합니다. 심전도 검사에서 발견이 되었다고 합니다."

"갑자기 부정맥이라니……."

"조금 뒤에 어의가 오면 친히 들으시옵소서."

이척이 자초지종을 설명했다. 부정맥이 어떤 병인지 몰라 이희는 그저 큰 병인 줄로만 알았다.

자신 대신 이척에게 정사를 맡겼다.

"아비가 왔으니, 태자는 아비를 대신해서 국정을 논하라."

"황명을 받들겠습니다. 아바마마."

나이 50줄에 이른 태자였다. 당장 황위를 물려받아 정사를 논해도 부족하지 않았다.

자식에게 믿고 직분을 맡기고 이희 자신은 병실에 남았다.

그리고 남아 있던 태자비로부터 인사를 받고 병사 위에 누워 있는 황후를 보았다.

민자영은 마치 편히 잠을 자고 있는 것처럼 보였다.

"황후……."

손을 어루만지면서 그녀의 상태를 살폈다.

잠시 후 문이 열리면서 김신이 키운 어의가 안으로 들어왔다.

그는 유럽으로 향한 김신이 직접 추천한 이였다.

그에게 이희가 민자영의 상태를 물었다.

"황후가 어찌 된 것인가?"

황제의 물음에 '박서양'이라는 이름을 가진 어의가 대답했다.

"부정맥이 심하게 왔었습니다."

"태자에게서 들었다. 그 부정맥이라는 게 심장과 관련이 있는 것인가?"

"예. 폐하. 사람 몸에도 미약한 전기가 흐르는데, 심장은 뇌로부터 전기 신호를 받아 박동하며 온몸에 혈류를 보냅니다. 그런데 도중에 전기 신호가 흐트러지면……."

"부정맥이 일어난다?"

"보통 사람도 어느 정도 있을 수 있지만, 황후마마께서는 그것이 과하게 와서 일시적으로 심장 박동이 멈췄습니다. 그래서 신이 급히 소생술을 벌였습니다. 흉부를 압박해서 심장을 강제로 뛰게 만드는 응급처치를 했습니다. 하여 폐하께 신이 죄를 지었음을 고하나이다."

부정맥이 어떤 것인지 설명을 들었다.

배운 대로 행한 박서양에게 이희가 담담하게 말했다.

"사람을 살리는 것이 의원의 본분인데, 악인을 살려도 죄가 안 되거늘 황후의 신체에 손을 댔다고 죄가 되겠는가? 마땅히 할 일을 했고, 짐이 감사해야 될 일이다."

"망극하옵니다. 폐하."

"부정맥으로 심장이 일시적으로 멈췄다니… 그러면 대체 무엇이 부정맥이라는 것을 일으켰단 말인가?"

다시 이희가 묻자 박서양이 원인을 짚었다.

"신의 생각으로는 가배인 듯합니다."

"가배?"

"가배의 효능 중에 심장을 빨리 뛰게 만드는 효능이 있사온데 그것이 간혹 부작용을 일으키는 경우가 있사옵니다. 또한 신이 궁녀들을 통해서 살펴본 바, 황후마마께서 하루에 가배 5잔 이상씩 드신 것으로 들었습니다. 때문에 심장에도 다소 무리가 있었던 걸로 짐작합니다. 폐하께서도 옥체를 보전하시기 위해선 가배를 드시는 것을 줄이셔야 합니다."

박서양의 이야기를 듣고 이희가 고개를 끄덕였다.

가배는 커피를 뜻하는 말로, 커피의 부작용으로 민자영이 쓰러졌다는 말이 이해가 갔다.

다시 이희가 민자영의 손을 어루만졌다. 그러자 잠들어 있던 민자영이 조금씩 눈을 떴다.

곁에 앉아 있는 이희를 보고 그를 불렀다.

"폐하……?"

"황후. 괜찮소?"

이희가 있음에 민자영이 어리둥절했다.

힘없이 눈을 껌뻑였고 주위를 돌아봤다.

주름진 그녀의 이마로 이희의 주름진 손이 올라갔다.

"참으로 댜행이오, 황후. 나는 황후에게 정말 큰일이 난 줄 알았소… 정말로 멀리 떠나는 줄 알았소……."

그 말에 민자영이 자신이 어디에 있는지 알아차렸다. 그리고 이희가 어째서 와 있는지 알게 됐다.

"신첩… 폐하를 두고 어디에도 가지 않을 것입니다……."

애써 미소를 짓는 그녀의 말을 듣고 이희가 눈물지었다.

"이미 오래 살았지만… 그래도 더 오래 행복하게 사는 거요……."

운명 이상으로 살고 있다는 것을 알고 있었다. 그럼에도 더욱 오래 살고 싶었다.

그리고 부인인 민자영과 오랜 시간을 함께 하고 싶었다.

쓰러졌던 황후가 무사하다는 이야기가 한양 곳곳에 돌았다.

소식을 들은 장성호는 안도의 한숨을 지었다.

하마터면 경사가 이어지던 와중에 국장이 날 뻔했다.

그가 이야기를 해준 김인석에게 말했다.

"부정맥이라니 그나마 다행이군요."

"그러게 말일세. 그래도 심장질환 중에서는 제일 약과지."

"하지만 조심해야 됩니다. 커피가 부정맥을 일으키는 원인인 것은 사실이니 말입니다. 어지간하면 한 잔도 안 마시는 게 답입니다."

"자네도 알아서 자제하게. 요즘 꽤 많이 마시는 것 같아."

"신경은 써보겠습니다."

이희와 민자영만큼이나 장성호도 커피를 많이 마셨다.

하지만 그는 심장이 덜컥 내려앉는 듯한 느낌의 부정맥이 없었고, 커피를 마셔도 잠을 잘 자는 체질이었다.

김인석이 하는 말을 한 귀로 듣고 한 귀로 흘렸다.

장성호가 김인석에게 이희가 계속 제중원에 있는지를 물었다.

"폐하께서는 계속 황후마마의 곁을 지키십니까?"

"그런 것 같네."

"아무래도 황후마마를 그동안 신경 쓰시지 못한 것에 대한 죄책감 때문이겠지요?"

"그럴지도 모르지. 그래서 드는 느낌이지만 어쩌면 폐하께서 앞으로 황후마마와 계속 함께 하려 하실 수도 있네. 우리도 그렇지만 폐하께서는 정말 여생이고 인생의 황혼이니까. 하루하루와 한시간 한시간이 소중 할 거야."

"신무기 시험식에 대해서 여쭤봐야 되겠습니다."

"내가 여쭤보겠네."

민자영에 대한 이희의 마음을 알고 있었다.

그래서 김인석이 나서서 직접 제중원으로 가서 이희에게 신무기 시험식에 대해서 물었다.

사람들을 물린 상태에서 이희가 고민하지 않고 대답했다.

"가지 않겠다."

"하오면, 신들만 시험식에 가는 것으로……."

"태자를 데려가라."

"태자 전하를 말씀입니까?"

"그렇다. 짐이 승하하면 태자가 뒤를 이을 것이다. 짐은 그 무기가 어떤 무기인지 대충 알고 있으니, 태자에게 신무기를 보이도록 하라."

조선의 현재보다 내일을 더 중요하게 생각했다.

그러면서도 그 자신은 내일보다 현재를 중요하게 생각했다.

현재 민자영과 함께 할 수 있기를 간절히 소망했다.

그의 마음을 읽고 김인석이 황명을 받들었다.

"태자 전하께 신무기의 위력 시범을 보이겠습니다. 폐하."

예정과는 많이 달라지게 됐다. 그러나 조선의 미래를 위해서라면 어쩌면 그것이 더 나을 것 같기도 했다.

김인석이 제중원에서 떠난 뒤, 이희는 계속해서 민자영의 곁을 지켰다.

이제는 정신을 차린 민자영이 그에게 물었다.

"총리대신께서는 가셨는지요?"

이희가 웃으면서 대답했다.

"갔소."

"정사를 논하는 일이 아니었습니까?"

"짐에게 물어볼 게 있긴 했소. 하지만 이제 태자에게 물어보라고 했소. 짐의 자리는 바로 이곳에 있소."

이희의 말을 듣고 민자영이 감동받았다.

"황은이 망극하옵니다. 폐하……."

그녀의 말에 이희가 고개를 가로저었다.

"지아비로서 응당 해야 되는 일이오."

그가 조정을 비운다고 해서 선정이 잘 이뤄지지 않는 것도 아니었다.

그저 소중한 지아비가 곁에 있다는 것만으로 행복했다.

이희가 당분간 자식인 이척에게 모든 것을 맡기고 뒤로 물러났다.

답변을 들은 김인석은 한양으로 돌아와 사람들을 물린 상태에서 이척을 만나 신무기에 대한 이야기를 전했다.

숨겨둔 무기가 있다는 사실에 이척은 황당한 반응을 보일 수밖에 없었다.

"산도 지워버릴 만큼 강한 신무기라고요?"

"예. 전하."

"그런 무기가 정말로 있습니까?"

"그래서 극비로 숨긴 겁니다. 조선 외에 어떤 나라도 그 무기에 대해서 알아서는 안 됩니다. 본래 폐하께서 한달쯤 후에 보시기로 했습니다."

이야기를 듣고 일단 고개를 끄덕였다.

하지만 이척의 머릿속에서 신무기에 대한 그림이 그려지지 않았다.

김인석이 백문이 불어일견이라고 말했다.

"직접 보시면 아실 겁니다. 공개가 되면 그 무기가 어떤 무기인지 어떻게 만들어진 것인지 알려드리겠습니다. 오직 폐하와 전하께서만 아셔야 됩니다."

김인석의 말을 들은 이척은 알겠다고 대답하면서 아비 대신 보게 될 신무기의 위력을 궁금해 했다.

한달이라는 시간은 나라와 백성을 위한 일에 열중하는 만큼 빨리 지나갔다.

그리고 때가 되자 이척이 양복을 입고 변장했다.

옷을 입고 막 자선당에서 나왔을 때 앞에서 기다리던 이희를 만나 머리를 숙였다.

이희가 자식에게 당부를 전했다.

"네가 없는 동안에 아비가 정사를 살피마. 그리고 아비 대신 조심히 잘 다녀 오거라. 어쩌면 그것은 너와 크게 관련이 있을 것이다."

"예. 아바마마."

궁내부 관리나 내관조차 그 주위에 있을 수 없었다.

직접 옷을 입어야 할 정도로 비밀이 유지되었다.

이척은 이희를 대신해서 궁궐 동쪽 문을 통해서 나가 아예 대낮에 차를 타고 김포 공항으로 향했다.

그 편이 언론에 노출되지 않고 이상하게 보이지 않을 수 있었다.

김포 공항에서 여객기를 타고 북쪽 하늘로 향했다.

창문 아래로 하얗게 얼어붙은 동토가 보이고 있었다.

장성호가 이척이 탄 여객기에 함께 탄 가운데, 그에게 신무기에 대한 정보를 미리 얻으려고 했다.

미리 알고 보면 훨씬 유용할 것이라고 생각했다.

"굉장히 멀리 가는군요. 그만큼 비밀을 지켜야 할 정도로 강한 무기겠지요."

"비밀을 지키는 것도 지키는 것이지만 매우 강하기 때문에 사람이 아예 없는 곳에서 하는 것입니다."

"정말로 산을 지워버릴 정도로 강한 폭탄입니까? 저는 총리대신이 제게 했던 이야기가 믿어지지 않습니다."

이척이 계속 의심하자 장성호가 피식하면서 창문 밖을 쳐다봤다.

그리고 검지로 선을 그으면서 말했다.

"만약 이 여객기 아래의 대지에서 터진다면 여기서 저기까지 모든 눈이 녹고 나무가 쓰러질 겁니다. 반경 이천 보이내엔 모든 것이 불타고 아예 먼지가 될 것이고 말입니다. 제가 이렇게 말씀드려도 믿어지지 않으실 겁니다."

계속해서 듣는 이야기가 과장 같았다.

해병대에서 친히 부대를 지휘하고 군에 있던 모든 무기를 보았지만 동토를 빼곡히 채운 숲을 모두 불태우고 소멸시킬 수 있는 무기를 본 적은 없었다.

때문에 이척에겐 장성호가 하는 말이 거짓말 같았다.

가늠하지 못하고 어느새 여객기가 동토 사이에 깔린 활주로 위로 내려앉았다.

그곳에 미리 와서 대기하고 있는 소수의 사람들이 있었다.

"오셨습니까. 전하를 뵙게 되어서 영광입니다."

키가 컸다. 그리고 그들의 연령은 장성호만큼이나 꽤 많은 나이였다.

그들을 보고 이척이 직감했다.

"천군이군……."

장성호가 고개를 끄덕이면서 대답했다.

"오랫동안 그 무기를 개발해왔던 연구원입니다. 그리고 원자력 발전 기술을 개발했습니다."

"원자력 발전?"

"예. 전하."

"이번에 시험을 보일 무기가 원자력 발전과 관계되는 무기입니까?"

이척의 물음에 고개를 끄덕이면서 대답했다.

"맞습니다. 원자력 발전과 관계되는 무기입니다. 때문에 다른 나라에서 원자력 발전 기술을 알고 그 무기의 존재를 알게 되면 함께 개발할 수도 있습니다. 그래서 비밀로 하려는 것입니다."

극비로 다뤄지는 첫번째 이유를 알게 됐다.

원자력 발전 기술이 세상 사람들에게 알려진 것은 아니었지만 적어도 원자력 발전소가 있다는 것만큼은 세상 사람들이 알고 있었다.

신무기는 그 기술에서 파생되는 것이었다.

그런 생각을 하며 장성호와 함께 미리 대기하고 있던 차에 올라탔다.

그리고 수행원들과 함께 대략 한시간 정도를 이동하면서 숲 사이에 만들어진 길을 달렸다.

이동하는 동안 숲과 하얀 눈밖에 보지 못했다.

이후 작은 언덕 위에 올라갔고 멀리 뻗은 동토의 숲과 지평선이 나타났다.

그곳이 신무기의 위력을 관전하는 곳이었다.

"여깁니다."

"이곳입니까?"

"예. 이곳에서 신무기의 위력을 확인할 것입니다. 그리고 저 멀리, 지평선 너머에서 신무기인 새로운 폭탄이 터질 겁니다."

장성호가 가리킨 방향으로 이척이 보면서 미간을 좁혔다.

"너무 멉니다. 아니, 아무리 위력이 크다고는 하지만 저리 멀리서 시험해도 볼 수 있겠습니까?"

그의 마지막 의심에 장성호가 피식하면서 웃었다.

"잘 보일 겁니다. 그리고 이것을 끼십시오."

"이것은 색안경 아닙니까?"

"예. 색안경입니다. 이걸 끼셔야 눈이 그나마 보호됩니다."

처음에는 그 말이 전혀 이해되지 않았다.

그저 넘겨주는 색안경을 받다가 얼굴에 쓰고 무기 시험이 이뤄지는 방향을 쳐다봤다.

시험이 언제 시작되는지 이척이 장성호에게 물었다.

"언제 시작합니까?"

이척의 물음에 장성호가 뒤의 수행원을 한번 쳐다보고 대답했다.

"곧 이뤄질 겁니다."

무전교신이 뒤에서 일어났다.

"참수리. 참수리. 당소 부엉이 이상."

─당소 참수리. 송신 바람.

"현 시각 부로 관측소 점령했다고 통보. 발파 통보."

─관측소 점령 수신. 발파 수신.

10초 동안의 침묵이 있은 후에 다시 교신음이 울려 퍼졌다.

손에 든 무전기 안에서 어디선가에서 오는 목소리가 있었다.

—발파 시한 설정. 열, 아홉, 여덟, 일곱…….

숫자를 세면서 폭파 시한을 알렸다.

그 소리를 들으면서 이척을 포함한 관측소의 사람들이 더욱 집중했다.

눈 한번 깜빡이지 않고 귀로 줄어드는 숫자를 계속 듣고 있었다.

어느새 열부터 세기 시작한 수가 셋에 이르렀다.

—셋, 둘, 하나. 발파.

번쩍!

" ！비…빛이……?!"

지평선 너머에서 강렬한 빛이 일어났다.

검은색으로 된 색안경을 끼고 있음에도 그 빛의 눈부심이 가히 태양과 맞먹었다.

세상을 모두 밝히기에 부족함이 없었고, 관측소에 있던 모든 사람들은 피부에 닿는 빛이 후끈함을 만들어내고 있음을 느꼈다.

빛이 옅어지자 붉은 화염 덩어리가 하늘 높이 올라갔다.

그러자 장성호가 색안경을 내리면서 이척에게 말했다.

"이제 벗으셔도 됩니다."

"와!"

색안경을 벗은 이척이 감탄했다.

뒤에 있던 수행원들은 주먹을 불끈 쥐면서 해냈다고 말

했다.

하늘을 찢는 굉음이 뒤늦게 울려 퍼졌고 폭발이 일어난 곳에서 뜨거운 바람이 밀려들어왔다.

얼마나 큰 폭발이었는지 지평선 부근에 보이던 구름들이 사방으로 밀려나 있었다.

"이… 이게 우리의 신무기입니까……?"

"예. 전하."

"원자력 발전 기술로 개발한 무기라니…….''

"핵무기라고 합니다. 조선은 이제부터 핵보유국이 되었습니다. 그렇지만 저는 저 무기가 사람을 상대로 쓰이지 않기를 원합니다."

힘없는 정의는 무력이요, 정의 없는 힘은 폭력이었다.

핵무기를 보유하는 것은 적어도 누구도 구할 수 없는 무력함만큼은 피하는 것이었다.

살아 있는 동안에 나라와 후대를 지킬 수 있는 힘을 지니고자 했다.

*　*　*

북쪽 동토에서 버섯구름이 솟아올랐던 순간, 이희는 잠깐 동안 정사를 살피면서 민자영을 보살피는 데에 온 힘을 다했다.

그가 하루 일과를 마친 뒤 곤녕합으로 와서 부인을 만났다.

"황후."

"폐하."

"일어설 수 있겠소?"

"예, 폐하."

"나가서 함께 걷고 싶구려. 노을이 정말 아름답게 물들었다오. 부인과 함께 걷고 싶구려."

황후라는 호칭보다 부인이라는 호칭을 마음에 들어 했다.

그런 민자영의 마음을 이희가 알고 있었고, 이제는 마음 껏 그렇게 해도 된다는 생각이 들었다.

함께 손을 잡고 건청궁 밖으로 나왔다.

인왕산 너머로 넘어가는 붉은 해가 하늘을 아름답게 물들이고 있었다.

그것을 보면서 이희가 말했다.

"꼭 우리 인생 같구려. 구름이 다소 있긴 하지만 그래서 더욱 아름다운 게… 우리가 여태 살아온 인생 같소. 그리고 부인에게 전하지 못한 말이 있소."

"어떤 말씀을 말입니까?"

"미안하다는 말을 말이오."

"……"

"여태 살면서 부인에게 정말로 미안한 것밖에 없소. 내가 젊었을 때도, 그리고 얼마 전까지도 말이오. 이제는 정말 부인에게 미안함을 주지 않기를 원하오."

"……"

이희의 미안하다는 말에 민자영이 눈물을 흘렸다.

시아버지인 이하응의 택함으로 그의 부인이 되었고, 자식을 낳지 못한 상태에서 궁녀를 어여삐 여겼던 이희의 모습을 기억했다.

그리고 귀인이 된 궁녀에게서 자식이 먼저 나면서 살얼음판 같은 궁궐 생활을 했던 것을 기억했다.

그때에 대한 미안함, 그리고 나랏일에 보면서 자신에 대해 신경 쓰지 못했던 미안함이었다.

민자영이 눈물을 닦으면서 말했다.

"이미 잊었습니다. 그리고 신첩 또한 폐하께 언제나 송구한 마음을 가졌습니다."

"이제 그 짐을 내려놓으시오. 부인."

"예. 폐하… 이제 짐을 내려놓고 폐하와 여생을 함께 할 것입니다. 황은이 망극하옵니다. 폐하……."

인생의 함께 견딘 노부부였다.

민자영이 이희에게 몸을 기대어 왔고 이희는 그녀의 어깨를 끌어안고서 손으로 어루만졌다.

그렇게 저물어 가는 해를 보고 있었다.

"내일이 되면 내일의 해가 뜨겠지. 이제 짐의 시대는 저문 듯하오."

어둠이 찾아온다고 해서 두려워하지 않았다.

다음 날 찬란한 태양이 떠오르고 더욱 환하게 빛날 것이라는 것을 알았다.

신무기 시험을 확인하고 이척이 한양으로 돌아왔다.

몰래 궁궐로 돌아온 이척은 만나는 대신들로부터 안부 인사를 받았다.

"전하."

"내부대신."

"외감에 걸리셨다고 들었습니다. 지금은 어떠하신지 요?"

"탕약을 먹고 잘 나았습니다. 때로는 서양의 약보다 우리 약이 나은 것 같습니다."

"쾌차하셔서 다행이라 생각합니다. 감축 드립니다. 전하."

조선의 태자였고 국본이었다.

이척이 아팠다는 소식을 듣고 대신들의 걱정이 이만저만이 아니었다.

그리고 이척은 피식 웃으면서 협길당으로 향해 아비인 이희를 만났다.

사람을 물린 상태에서 이희가 자식에게 물었다.

"잘 보고 왔느냐?"

"예. 아바마마."

"짐은 영상으로밖에 보지 못했다. 정말로 대단했느냐?"

"예. 참으로 대단했습니다. 그리고 특무대신으로부터 그것에 대한 모든 것을 들었습니다."

"네가 황위에 오르면 이 나라는 황제의 결정보다 민의를 따라서 정치가 이뤄질 거다. 하지만 전시가 되면 백성들이 군을 지휘하지 않는다. 네가 지휘하고 네가 책임진다. 말인 즉, 너의 명령 하나로 수많은 사람들이 죽을 수 있다. 그것을 알고 있느냐?"

"예. 아바마마. 알고 있습니다."

"네게 조언하는 신하와 참모들의 말에 귀를 기울이겠느냐?"

"기울일 것입니다."

"네게 거짓말하는 자들을 분별하겠느냐?"

"분별할 것입니다."

"황제가 되면, 백성의 결정을 믿고 인내하겠느냐?"

아비의 물음에 이척이 대답했다.

"그렇게 할 것입니다. 아바마마. 소자가 아바마마의 뒤를 이으면 소자가 지키고자 하는 백성들의 판단과 지혜를 믿고 인내할 것입니다. 하오니 염려치 마시옵소서."

그때까지만 해도 아비가 그런 말을 하는 이유를 알 수 없었다.

자식의 대답을 듣고 이희가 미소를 지었다.

"네게 아비가 양위하마."

"예… 예?"

"이제 네게 검이 들렸으니, 아비는 모든 것을 맡기고 물러나겠다."

"아… 아바마마! 소자가 어찌!"

"네 나이가 이미 지천명이다."

"……!"

"그러니 하늘의 명인 줄 알거라. 아비는 이제 네 어미와 여생을 편히 살 것이다. 아비가 백성들을 지켜왔던 만큼, 너도 백성과 만민 후대를 위하라. 그리 해줄 수 있겠느냐?"

인자한 미소를 보이면서 이희가 이척에게 당부하면서 물었다.

그의 진심이 그대로 가슴으로 전해졌다.

절대 양위로 하여금 자신을 시험하는 것이 아니라는 것을 알았다.

이척이 아비에게 허리를 굽혀서 예를 표했다.

"소자… 아바마마의 황명을 받들어… 황위를 물려받겠습니다…….”

"그래. 고맙다. 척아."

건원칭제가 이뤄진지 22년이나 지나간 때였다.

1925년, 광무 23년이었다.

근정전 앞마당인 조정에 천막이 세워지고 문무백관이 금관조복 차림으로 양편에 섰다.

그리고 외국에서 온 외무부장관과 총리 등이 참관하며 대조선제국 황위계승식을 지켜보고 있었다.

예복을 입은 이척이 태자비 민씨와 함께 조정 중앙을 걸었다.

두 사람은 근정전 앞 단상 위에 있는 이희와 민자영에게 가서 허리를 굽혔다.

그동안의 수고에 대한 예를 나타낸 뒤 궁내부대신을 통

해서 국새를 넘겨받았다.

그로써 이척은 조선의 새로운 군주가 되었다.

신문기자들과 방송국 기자들이 촬영을 벌이는 가운데, 이척이 만민에게 큰 목소리로 선포했다.

새로운 시대가 열리고 있었다.

"짐은 대조선제국의 황제며, 통수권자다! 또한 한 사람이며 이 나라의 상징인 바, 만민은 대조선제국에 충성을 다하라! 그것이 짐을 위한 충성일 것이다! 짐은 지혜로운 백성들에게 권력을 허락할 것이다!"

"황은이 망극하옵니다! 폐하!"

온 대신과 관료가 허리를 굽히면서 새 황제에게 인사를 했다.

이어 앞에 있던 장성호가 두 팔을 높이 들면서 크게 외쳤다.

"대조선제국! 황제 폐하! 만세!"

"만세! 만세! 만세!"

"와아아아아!"

조정안이 크게 울렸고 광화문 앞에 모여 있던 백성들이 크게 만세삼창을 외쳤다.

하늘이 떠나갈 듯 크게 울려 퍼졌다.

새로운 시대가 펼쳐지는 것을 만인이 기대하면서 환호했다.

'광무'의 연호가 끝나고 '융희'의 연호가 시작되었다.

그 연호의 역사는 고작 3년밖에 되지 않는 과거를 뛰어

넘어 창대한 미래로 향하려고 하였다.

인류사 중 가장 격동기에 있을 시대였다.

이희의 치세에 이어 이척의 치세도 계속 이어졌다.

5년이라는 시간이 순식간에 지나갔다.

비단길이 부활하다

"아버님은 좀 어떠십니까?"

"많이 힘겨우십니다."

"그동안 정말 조선의 건설을 위해서 힘써주셨습니다. 건물을 짓는 것뿐 아니라 인재를 양성하고 회사를 경영하는 것까지 말입니다. 무엇보다 회장님께서 빈민들에게 베푸셨던 선행은 이 나라 역사와 만대 후손까지 기억될 겁니다. 비록 힘드시겠지만 그런 아버님이었다는 것을 말씀드리고 싶습니다."

"감사합니다. 그 말씀을 아버지께 들려드릴 수 있으면 정말 좋겠습니다. 참으로 감사합니다."

장성호가 경주로 찾아가서 힘겹게 숨을 쉬는 최현식을 만났다.

　몇 해 전에 장수했던 최만희가 숨을 거뒀고 그의 자식인 최현식도 이제는 명을 다해 하늘의 부름만을 기다리고 있었다.

　그리고 두 부자가 일궈놓았던 회사를 최현식의 자식인 '최준'이 물려받아서 경영했다.

　한숨을 쉬면서 마음의 준비를 했다.

　경영을 잠시 뒤로 미루고 여생의 막바지에 있던 아버지와 함께 시간을 공유했다.

　숨을 쉬는 최현식의 가슴이 미세하게 움직이고 있었다.

　그리고 끝내 그 움직임마저도 사라졌다.

　맥을 잡고 청진기로 호흡의 흔적을 찾던 의원이 울먹이면서 말했다.

　"회장님께서… 임종하셨습니다……."

　의원의 말에 심장이 덜컥 내려앉기보다, 그저 먼 길을 가셨구나, 라는 생각이 들었다.

　"고생하셨습니다. 아버지……."

　최준이 생을 마감하는 아버지에게 마지막 말을 전했다.

　그로부터 며칠 동안 최현식의 장례가 치러졌다.

　최만희도 그랬고 최현식도 마찬가지였다.

　두 사람은 조선에 크나큰 공과 가르침을 남긴 사람들이었다.

　때문에 나라에서 그들의 장례를 직접 챙겼다.

다만 황실의 사람이 아니었기에 '국민장'이라는 이름으로 장례가 치러졌다.

만민이 구슬피 울었다.

그리고 상황제가 된 이희가 대신들과 함께 최현식의 장례식장을 찾아왔다.

이희의 방문에 상주인 최준이 크게 놀랐다.

"폐…폐하……?"

황급히 허리를 굽히면서 인사하자 이희가 그에게 물었다.

"최 회장에게 조문하려고 한다. 어디로 가면 되는가?"

"이…이쪽입니다. 폐하……."

최준의 안내에 이희가 지팡이를 짚으면서 걸었다.

그 뒤로 검은 양복을 입은 대신들이 움직였다.

그중에 장성호와 김인석, 박은성 등 최현식과 함께 조선을 건설했던 사람들이 있었다.

또한 신임 대신들도 함께 움직였다.

빈소를 찾은 태상황제와 대신들을 보면서 마당을 채운 사람들이 웅성거렸다.

"태상황제 폐하께서 오시다니……."

"회장님께서 적지 않은 업적을 남기신 것만큼은 확실한 것 같아. 이렇게 폐하께서 친히 와주시니 말이야."

"정말 폐하께서는 중신이 아니더라도 조선을 위해서 힘쓰신 분을 기억해주시는구나……."

"지팡이를 짚으시면서 오시는 게 쉽지 않았을 텐데 말이야……."

이희가 친히 방문을 해오자 백성들은 감동을 받았다.

그들은 조정에 출사하지 않았음에도 나라에 큰일을 해주면 황실에서 기억해준다는 것을 알게 됐다.

최현식의 위패 앞에서 이희와 대신들이 목례하면서 묵념했다.

몸이 불편한 이희가 의자에 앉아서 머리를 숙였다.

그것만으로도 최현식에 대한 예우가 충분히 이뤄졌다.

이어 최준과 그의 가족이 이희에게 절을 하면서 인사했다.

몸을 일으킨 최준이 감사의 뜻을 전했다.

"폐하께서 조문을 오시리라고는 전혀 생각하지 못했습니다. 제 아버님께서도 영광으로 생각해주실 겁니다."

앉은 상태로 이희가 최준에게 몸을 낮춰달라고 말했다.

그리고 그의 어깨를 손으로 두드렸다.

"너의 아버지에 대한 조문이지만, 짐은 널 위문하기 위해서 온 것이다. 부디 위로가 되기 바란다."

"감사합니다. 위로가 되었습니다. 폐하……."

"이제 네가 서라벌상사의 수장이니, 조부와 부친의 뜻을 이어 받아 조선과 인류를 위한 위대한 경영을 해주길 바란다. 회사의 이익을 위해서도 일하지만 꼭 노동자들을 위한 경영과 고객을 위한 경영을 해주길 바란다. 그렇게 해주리라고 믿는다."

"소인, 반드시 폐하께서 하신 말씀을 황명이라 여기면서 가슴 깊이 새기겠습니다."

위로와 당부를 함께 전했다. 이희는 그것을 받아들인 최준을 보면서 인자하게 미소를 지었다.

그리고 의자에서 몸을 일으켰다.

"총리."

"예. 태상황 폐하."

"환도하겠다. 총리가 앞장을 서라."

"예. 폐하."

김인석이 아닌 장성호가 대답했다.

그는 신임 총리가 되어 있었고 김인석은 총리에서 내려와 국회 의장을 맡으며 국민들의 뜻을 받들고 있었다.

장성호가 대신들과 함께 이희를 보필했다.

떠나기 전에 최준에게 고개를 숙이면서 인사했다.

"차후에 보겠습니다."

"예. 총리대신."

최준의 배웅 끝에 이희가 궁내부 관리의 부축을 받으면서 차에 탑승했다.

떠나는 그의 차량을 최준과 백성들이 허리를 굽히면서 인사했다.

그리고 황실의 조문 방문에 최준은 큰 위로를 받았고 백성들은 다시 황실을 크게 존경했다.

태상황제인 이희야말로 조선 민족 역사상 가장 위대한 군주라는 것을 알았다.

그리고 최현식은 가장 위대한 기업인 중 한 사람이었다.

"아이고오! 아이고오! 우리 회장님!"

"이렇게 가시면 어찌 합니까?!"

"가시면 안 됩니다! 회장님……!"

최현식의 관이 그의 저택에서 나올 때 경주의 온 백성들이 바닥을 치면서 오열했다.

조선 만민의 큰 슬픔 속에서 최만희에 이은 위대한 경영자가 영면했다.

그리고 서라벌상사는 최준의 시대를 맞이했다.

회장에 오른 최준이 첫 업무를 벌였다.

그 전부터 아비를 대신해서 회장의 업무를 보고 있었지만 그가 앉은 자리에 명패가 바뀐 만큼 그는 막중한 사명감으로 회사의 일을 보기 시작했다.

그가 첫번째로 한 일은 나랏법을 지키는 일이었다.

"상속세 납부는 완료되었습니까?"

"예. 회장님."

"그래도 혹시 모르니 한번 더 점검하기 바랍니다. 내지 못한 상속세가 있는지 살펴보십시오. 차라리 더 내었을지언정 덜 내서 문중의 명예를 더럽히는 일을 벌여선 안 됩니다."

"알겠습니다. 지시대로 하겠습니다."

"서라벌상사가 최고의 기업인만큼, 마땅히 세상에 본을 보여야 할 것입니다."

회장직을 계승한 만큼 법으로 명시된 상속세를 납세해야 됐다.

그 금액만 무려 10억원에 달했으나 최준은 절대 꼼수를 부리지 않았다.

해야 할 일을 당연히 행한 뒤 회사 경영을 벌여갔다.

금성차는 서라벌상사의 핵심 계열사였고 회사에 막대한 이문을 안겨다주고 있었다.

새로운 사업을 구상하기 시작했다. 회사를 먹여 살릴 새로운 먹거리를 찾기 시작했다.

그리고 결론을 내렸다.

"집적회로에 관한 기술을 받는 것에 대해서 어찌 생각하오?"

"반도체 기술을 말입니까?"

"그렇소. 반도체 기술을 말이오. 이번에 조정의 통제로 묶여 있던 기술이 풀려난다고 하는데 그중 하나가 집적회로에 관한 제조와 이용 기술이오. 비싼 값을 치러서라도 그 기술을 도입해야 하오."

선진기술개발연구소에서 보유한 기술이었다.

그 기술이 개발된 지 5년에 이르고 있었고 국내 회사에 한정해서 기술이 풀릴 예정이었다.

최준이 집적회로 제조 기술을 도입하자고 말하자 회의실에 모인 임원들이 웅성거리면서 서로 의견을 주고받았다. 그리고 그의 의견에 동의했다.

"회장님의 판단을 따르겠습니다."

"반도체 기술을 받아들인다면 회사에 새로운 지평이 열릴 것이라 생각합니다."

대답을 듣고 최준이 고개를 끄덕였다.

"이번에 꼭 반도체 제조 기술을 도입해서 서라벌상사의 백년대계를 이어가는 것이오. 자동차에 있어서 우리 회사에 새로운 활력을 불어넣는 것이오."

"예. 회장님."

아직 비밀이 많은 기술이었다.

그러나 반도체 소자로 영출기를 비롯한 전자제품을 만들 수 있는 만큼, 1000개가 넘는 반도체 소자와 회로가 합쳐진 집적회로를 통한다면 더욱 뛰어난 제품과 그것을 응용한 각종 기물을 만들 수 있다고 생각했다.

한달 뒤 집적회로 제조 기술이 통제에서 풀려나면서 서라벌상사와 다른 몇 개의 회사가 기술을 인수받았다.

서라벌상사는 집적회로를 제조해서 전자계산기와 같은 제품을 개발할 수 있었다.

그 외에 기술 인수를 받은 회사는 오직 집적회로만을 생산하면서 조선 내에 전자 제품을 제조하는 회사들에게 공급했다.

그리고 최준은 서라벌상사와 비견되는 회사에 대해서 경계하며 알아보기 시작했다.

남강상사에 대한 보고들을 받고 그들이 어떤 사업을 구상하는지 알아봤다.

남강상사를 경영하는 이는 이승훈이었다.

"압축분사기관에 관한 기술을 인수했다는 말이오?"

"예. 회장님."

"그렇다면 이 회장님은 항공기 사업을 구상하는 것이겠군. 어쩌면 경계가 아니라 협업을 할 수도 있겠소."

"예. 회장님. 선회장님께서도 이 회장님과 많은 협력을 이루셨습니다."

그저 경쟁뿐 아니라 협력의 상대가 될 수 있다는 것을 절대 빠트리지 않았다.

남강상사에서 항공기제작 회사가 자회사로 창업되었고 조선은 라이트항공제작회사와 두개의 항공기제작회사를 보유하게 됐다.

두 회사를 둔 이유가 분명히 있었다.

그 이유는 얼마 지나지 않아서 밝혀졌다.

남강상사 회장실로 공문이 하나 보내졌다.

"신형 전투기 입찰 공고가 올라왔고?"

"예. 회장님."

"신형 전투기라면, 압축분사기관을 탑재한 전투기가 되겠군."

"공문을 보시면 아시겠지만, 회장님 말씀대로 압축분사기관을 기본 탑재한 전투기입니다. 그리고 최소 조건이 충족되어야 입찰할 수 있다고 합니다. 반년 안에 시제기를 제작해 달라고 합니다."

비서의 보고를 받고 이승훈이 공문의 내용을 살폈다.

공문의 내용을 읽으면서 국방을 위한 일을 하고 싶다는 마음이 크게 일어났다.

그가 문서를 덮고 비서에게 넘겨줬다.

"반년 안에 시제기 제작이라… 정말 새로운 도전이 되겠군. 이 공문을 안 사장에게 전하게. 신형 전투기를 우리 손으로 제작해서 조선의 영공을 지킬 것이네."

"예. 회장님. 사장님께 바로 전하겠습니다."

비서가 공문을 들고 나가자 이승훈이 수화기를 들었다.

그리고 장성호가 추천해줬던 신임 사장에게 연락했다.

그는 운명적으로 비행기 제작과 비행을 매우 좋아하는 인물이었다.

"안 사장인가?"

―예. 회장님. 안창남 사장입니다.

"이번에 군부에서 신형 전투기 입찰 공문이 올라왔어. 자네에게 보낼 테니 공문대로 신형 전투기를 제작해주게. 최고의 성능과 최고의 안정성으로 말이야. 알겠는가?"

―예. 회장님.

"자네에게 부탁함세."

―예.

그는 본래 라이트항공사의 항공기 제작 기술자였다.

그를 이승훈이 영입했고 안창남이 그의 이름을 마음껏 쓸 수 있도록 배려해줬다.

남강상사의 자회사였지만 안창남항공기제작사라는 이름을 사용했다.

그곳에서 신형 전투기 입찰 공문을 받아 전투기 제작을 벌이기 시작했다.

반년이라는 시한은 순식간에 지나갔고 이내 두 기의 시

제 전투기가 제작되어 공군사관학교가 위치한 사천의 하늘을 날기 시작했다.

총리대신인 장성호와 군부대신인 이응천이 직접 참관했다.

그리고 시제 전투기를 제작한 두 사람이 서서 자신들이 제작한 전투기의 비행을 감상하고 있었다.

오빌 라이트와 안창남이 고개를 들고 하늘을 보고 있었다.

굉음이 크게 울려 퍼지고 있었다.

콰아아아아~!

─음속돌파!

쾅!

"와아아아!"

"해냈어!"

조종사의 무전 보고에 이어서 시제 전투기가 일으키는 충격파음이 대지를 때리고 사람들의 환호를 이끌어냈다.

두 기의 시제 전투기가 번갈아 하늘을 비행했다.

라이트항공기제작사의 기술자들은 안창남항공기제작사 기술자들을 보면서 강한 경계심을 나타냈다.

그들 나름대로 자부심을 가지고 있는데 그것이 깨져버렸다.

'항공기 제작 경험이 아주 없을 텐데 어떻게 이런 일이…….'

'안창남 녀석… 나가서 자기 이름으로 비행기를 만들 거

라고 하더니 정말로 만들었어.'

'난 놈은 난 놈이구나.'

옛 동료들이었으나 이제는 경쟁사 기술자들이었다.

그들을 보면서 안창남이 미소 지었다.

그리고 자신이 제작한 시제 전투기가 무사히 활주로 위로 내려앉자 주먹을 불끈 쥐었다.

기동을 완전히 멈춘 시제 전투기에 사다리가 붙여지고 거기에서 한 명의 조종사가 내려 땅 위를 밟았다.

그가 머리에 쓰고 있던 투구를 벗었다.

그러자 안에서 중년 남성의 얼굴이 모습을 드러냈다.

그는 조선의 하늘을 책임지는 자였다.

"꽤 격하게 전투기를 몬 것 같았는데 어땠습니까?"

장성호가 와서 묻자 공군참모총장인 노백린이 대답했다.

"좋습니다. 최고 속도로 빠르게 선회했는데 기체의 떨림 같은 불안정한 요소들이 발견되지 않았습니다. 그리고 제가 입고 있는 이 조종복이 하체에 피가 쏠리는 것을 막아줬습니다. 고기동 중에 잘못하면 의식을 잃을 수도 있는데, 이 옷이 몸을 꽤나 조여 줘서 저처럼 나이가 많은 조종사들도 충분히 전투기를 조종할 수 있습니다. 앞서 탔던 라이트항공사의 시제 전투기도 마찬가지입니다."

"두 기체 다 우수한 전투기인 것 같더군요."

"맞습니다. 총리대신."

"그래도 차이점을 찾는다면 찾을 수 있겠습니까?"

"아무래도 기체 크기의 차이가 있는 만큼 기체 크기가 작은 라이트항공사의 전투기가 훨씬 더 경쾌합니다. 반면에 안창남항공사의 전투기는 기체가 커서 조금 둔하긴 하지만 훨씬 오랫동안 비행할 수 있습니다. 물론 둔한 의미는 상대적인 것이고, 다른 나라의 전투기와 대결을 벌인다면 반드시 이길 겁니다."

대답을 듣고 장성호가 미소를 지었다.

그리고 이내 장성호가 다시 노백린에게 물었다.

"국방을 위해서 어떤 기체가 더 낫다고 생각합니까?"

다시 대답을 들었다.

"둘 다 필요합니다. 라이트항공사의 전투기는 국내 영공 방어에 쓰여야 하고, 안창남항공사의 전투기는 장거리 요격과 공격을 위해서 쓰여야 합니다. 저는 두 전투기가 함께 배치되어야 한다고 생각합니다."

노백린의 의견을 듣고 장성호가 고개를 끄덕였다.

그리고 오빌과 안창남을 불러서 두 사람에게 동시에 말했다.

평가 결과를 알려줬다.

"평가서를 작성 중입니다만 군부에서 내린 판단이 달라지지 않을 겁니다. 두 회사의 전투기를 도입하겠습니다."

결과를 듣고 두 사람이 어리둥절했다.

오빌이 유창한 조선말로 물었다.

"두 기체 모두 계약이 가능합니까?"

"예. 가능합니다. 무기도입을 위한 군부무기사업 위원회의 승인만 있다면 말입니다. 두 기체에 대한 평가와 공군 참모청장의 의견만 있으면 충분히 승인을 할 수 있습니다. 기체 특성에 맞춰서 국내 영공 방어와 장거리 요격과 공격 기체로 운용할 것입니다."

오빌은 몇 해 전에 형인 윌버가 죽고 난 뒤 라이트항공사의 사장이 되었다.

조선이 좋아 조선인으로 귀화한 그는 라씨 성으로 라이트라는 성을 이름 그대로 썼다.

그리고 사람들에겐 오빌로 불리길 원했다.

오빌이 웃으면서 안창남을 쳐다봤다.

경쟁에서 벗어나자 서로를 인정할 수 있는 여유를 얻었다.

"참으로 대단한 전투기를 제작했어."

"모두 사장님께서 제게 잘 가르쳐 주신 덕분입니다."

스승과 제자였다. 그런 두 사람을 장성호가 흐뭇하게 쳐다봤다.

그러나 끝이 아니었다.

"적어도 기동성과 기총 소사만큼은 제대로 선보인 것 같습니다. 하지만 그걸로 공군에서 원하는 전투기를 제작한 것은 아닙니다."

장성호의 말에 웃고 있던 오빌이 물었다.

"개량해야 될 부분이 있다는 말씀입니까?"

"개량이 아니라, 발전시켜야 되는 부분입니다. 두 분께 이 문서를 드릴 테니 확인해보시기 바랍니다."

이응천이 준비해온 문서를 받아서 두 사람에게 넘겨줬다.

노백린은 그 문서에 뭐가 쓰여 있는지를 알고 있었다.

문서의 내용을 보고 놀랐던 자신을 기억했다.

'정말로… 이런 전투기를 배치한단 말씀입니까?'

'그렇습니다. 때문에 어쩌면 기동성이 조금 떨어져도 문제가 없을 수 있습니다.'

노백린이 오빌과 안창남의 반응을 지켜봤다.

두 사람의 표정이 미간이 동시에 좁혀졌다.

문서를 처음 봤을 때의 노백린과 똑같은 반응을 보였다.

"정말로… 이런 전투기를 최종 개발 한단 말입니까?"

"예."

"적기를 끝까지 쫓는 화살이라니…….."

"그래서 신궁입니다. 예로부터 화살을 잘 쏘는 이에게 붙여지는 칭호인 만큼, 그것만큼 잘 어울리는 이름도 없을 겁니다. 신형 전투기엔 집적회로를 이용한 전파탐지기가 탑재되고 조종석에 작은 영출기를 탑재해서 적기의 위치를 영상으로 송출할 것입니다. 서라벌상사와 협력한다면 공군에서 정말로 원하는 전투기를 제작할 수 있을 겁니다."

서라벌상사의 자회사인 금성전자에서 집적회로 제작 기술을 보유한 것을 알고 있었다.

무기 하나를 개발하기 위해 여러 회사가 협력해야 했다.

그만큼 뛰어난 전투기일 게 분명했고 하늘을 제대로 장악할 것이라고 생각했다.

그리고 수출도 생각했다.

'우리는 레이더와 미사일로 무장하고, 라이트항공에서 제작하는 전투기에서 레이더와 미사일을 빼서 우방국들에게 수출해야겠어. 그러면 우방국의 국방력이 높아지면서도 조선의 우위는 계속 유지할 수 있어.'

오직 전동 개틀링만을 탑재한 소형 전투기를 수출하고자 했다.

그것으로 동맹국의 국방을 충분히 챙길 수 있다고 생각했다.

장성호의 이야기는 끝나지 않았다.

"전투기 개발이 완료되면 다른 기체도 개발할 것입니다."

"어떤 기체를 말입니까?"

오빌의 물음에 미소를 드러내면서 대답했다.

"앞으로 적은 우리와 마찬가지로 전파를 이용한 탐지기를 배치할 겁니다. 물론 전투기에 탑재할 만큼은 아니지만 적어도 지상에 탐지기를 배치해서 운용할 겁니다. 그런 탐지기를 마비시킬 전파공격기를 만들 겁니다. 또한 큰 탐지기를 대형 기체 위에 탑재해서 하늘에서 지휘할 수 있는 전술기를 개발할 겁니다. 당연히 그것을 위한 대형 여객기를 만들어야 하고 말입니다. 여객기를 개량해서 화물기나

148

수송기로 쓸 수 있고 폭탄을 무더기로 떨어트릴 수 있는 폭격기로 개발할 수도 있습니다. 이런 전술기와 지원기들을 앞으로 경합을 통해서 도입할 겁니다. 두 회사의 공정한 경쟁이 벌어진다면 최고 성능을 얻을 수 있다 생각합니다. 어디 도전해 보겠습니까?"

장성호의 물음에 두 사람이 동시에 대답했다.

"예. 총리대신."

"도전하겠습니다."

조선의 국방과 회사의 수익을 위해 함께 힘쓰기로 했다.

대답을 듣고 장성호가 미소 지었다.

"그럼 여객기부터 만들어 봅시다. 이륙하면 한번에 서양까지 날아갈 수 있는 여객기를 말입니다. 폐하께서 그것을 타고 순방에 나서실 겁니다. 그 전에 이웃나라들부터 살피시겠지만 말입니다. 조선의 위용을 만방에 떨치는 겁니다."

경쟁을 벌이는 것이었지만 그것 자체가 조선을 위한 일이라고 생각했다.

그리고 오빌은 조선을 위한 일이 옛 고국인 미국에도 좋은 일일 것이라고 생각했다.

두 회사가 압축분사기관을 추진기관으로 삼는 여객기를 설계했고 시제기를 제작해 하늘에 띄우면서 성능을 확인했다.

그야말로 우열을 가리기 힘든 경쟁이 펼쳐졌고 결과 또

한 그런 경쟁대로 나왔다.

300명이 탑승할 수 있는 대형 여객기가 두 회사에서 거의 동시에 개발됐다.

그리고 두 회사에 첫 주문이 이뤄졌다. 그 고객은 바로 조선 정부였다.

조선 황실에서 특별기를 인수했다.

특별기 두 기중 한 기는 이내 김포 공항에서 이륙해 이웃 나라의 활주로 위에서 사뿐히 착륙했다.

미리 공항에 나와 있던 사람들이 탄성을 질렀다.

"크다! 정말로 커!"

"신문에 실렸던 사진 그대로야!"

"세상에 저리 큰 비행기는 처음 보는 것 같아!"

벌어진 입이 다물어질 줄 몰랐다.

이척을 환영하기 위해서 나온 일본 국민들이 착륙한 특별기를 보면서 연신 감탄했다.

생전에 그렇게나 큰 비행기를 본 적이 없었다.

그러나 그 감탄도 이내 지워질 수밖에 없었다.

'조선 공군 1호기'로 불리는 특별기의 문이 열리면서 양복을 입은 조선 황제가 모습을 드러냈다.

그러자 나와 있던 사람들이 모두 함성을 질렀다.

"조선 황제 폐하께서 나오신다! 어서 소리 질러!"

"조선 황제 폐하! 만세! 만세! 만세!"

"와아아아~!"

특별기에서 내린 이척과 황후 민씨를 크게 환영했다.

조선말로 만세 삼창을 하면서 이척을 마치 일본의 군주처럼 떠받들고 있었다.

그런 국민들의 모습을 미리 마중 나와 있던 후세는 담담하게 받아들였다.

마땅히 그런 존경을 받을 만했고 그런 칭송을 받아도 된다고 생각했다.

그렇게 생각하면서 발걸음을 옮겨 이척 앞에서 목례하고 손을 내밀었다.

악수하면서 그를 만남에 영예를 느낀다고 말했다.

마중 나온 대통령인 후세가 이척에게 인사하고 악수했다.

"조선 황제 폐하를 뵙게 됨에 영광입니다."

"만나게 되어서 반갑소."

"조선 황후 마마를 뵙게 되어서 영광입니다. 그리고 이렇게 친히 찾아와주실 줄은 몰랐습니다. 아직 지진으로 인한 피해 복구가 덜 된 상태라서 폐하를 모시기에 부족함이 있을까 염려됩니다."

"감안하고서 온 것이오. 그러니 걱정하지 마시오. 그저 이웃나라 국민들의 삶을 대통령과 함께 살피려고 왔소."

"정말 몸 둘 바를 모르겠습니다. 참으로 감사합니다. 폐하. 제가 모시겠습니다."

후세가 직접 이척을 뫼셨다.

그와 황후 뒤로 조선 대신들이 움직였다.

그중에 장성호와 유성혁도 함께 하고 있었다.

후세의 안내를 받아서 이척이 황후와 함께 차에 탑승해서 이동했다.

　두 사람은 수행하는 대신과 관료들과 함께 동경 외곽의 숙소로 향해서 짐을 풀었고 저녁에 조촐한 만찬을 가졌다.

　조선 황제가 묵는 숙소는 서양에서 말하는 호텔이기보단 일본 전통의 온천 여관과 같았다.

　때문에 오히려 이척이 만족했다.

　그는 온천욕을 즐기면서 몸을 풀었고 밤에 잘 때는 편히 숙면을 취하면서 상쾌한 아침을 맞이했다.

　일본에 도착한 두번째 날의 오전 일정은 복구되고 있는 동경 시내를 함께 살피는 일이었다.

　이척이 후세와 함께 동경 시내를 살폈다.

　건설이 이뤄지고 있는 와중에 곳곳에 비어 있는 공터들이 있었다.

　그곳은 불과 10년 전만 하더라도 건물이 자리를 차지하고 있었던 곳이었다.

　"정말로 모든 건물이 무너졌었나 보군."

　"콘크리트로 단단하게 지어진 건물 외에는 모두 무너졌습니다. 그래도 인명피해는 정말 최소한으로 줄였습니다. 만약 조선에서 미리 알려주지 않았다면 일본은 그때 모든 것을 잃었을 겁니다. 언제나 조선에 진 마음의 빚을 품고 살고 있습니다."

　후세의 마음이 일본 국민들의 마음이었다.

　그의 이야기를 듣고 이척이 고개를 끄덕이면서 공터로

다가갔다.

공터 위에 서서 주위를 돌아봤고, 이제는 어느 정도 폐허가 정리된 모습을 보면서 일본에 희망이 차오르고 있다는 생각을 했다.

그가 다시 나와서 후세에게 말했다.

"짐에게 난민들이 있는 곳을 안내하시오."

"누추할 텐데 괜찮으시겠습니까?"

"괜찮다마다. 짐은 군에서 전시에 맨땅에서도 드러눕고 자본 사람이오. 안내해 주시오."

"알겠습니다. 폐하."

함께 움직이는 황후에게는 난민촌으로 갈 것이니 미리 숙소에 가 있으라고 말했다.

그러나 그녀는 이척이 가는 곳 어디든지 갈 것이라고 말했고 이척도 그녀와 함께 피난민들이 거주하는 난민촌으로 향하기로 했다.

그야말로 수천수만명이 함께 지내는 천막촌이었다.

그 사이로 양복을 입은 이척이 후세와 함께 걸으면서 지나갔다.

천막촌에 있던 피난민들이 어리둥절했다.

"누…누구야……?"

"지금 대통령 각하께서 지나가신 것 같은데…"

설마설마 했다. 그래서 눈으로 본 것을 쉽게 믿지 못했다.

아이들이 천막 사이에서 공을 차면서 놀다가 그 공이 튕

겨져서 이척의 발 앞으로 굴러갔다.

아이들이 공을 잡으려고 달려가다가 사람들이 모여서 웅성거림에 발걸음을 멈췄다.

이척이 앞으로 굴러온 공을 들었다. 그리고 웃으면서 아이에게 다가갔다.

역관을 대동하지 않고 직접 일본말로 말했다.

"네 공이냐?"

"예……."

"받거라. 그리고 천막에 사람들이 많으니까, 조심히 가지고 놀거라. 알겠니?"

"예. 조심해서 놀게요… 감사합니다."

아이가 허리를 굽히면서 감사함을 나타냈다.

그런 아이를 이척이 흐뭇한 미소로 쳐다봤다.

후세가 다가와서 이척에게 물었다.

"우리말을 하실 줄 아십니까?"

"그렇소. 이웃나라 말이라서 조금 익혔소."

"조금 익히신 것이 아닌 것 같습니다. 제가 듣기에도 유창하시고 대단하십니다. 정말 우리말에 능통하실 줄은 생각 못했습니다."

존경의 시선을 드러내면서 후세가 말했다.

그 앞에서 이척은 그저 미소를 보일 뿐이었다.

두 사람을 뒤에서 장성호가 지켜보며 이척 또한 이희 못지않은 대단한 성군이 될 것이라고 생각했다.

무엇보다 이웃나라에게도 매우 인자한 군주가 될 것 같

았다.

　장성호가 그런 생각을 하고 있을 때 천막 사이에서 사람들의 목소리가 울려 퍼졌다.

　"맙소사! 대통령 각하시잖아?!"

　"각하께서 오셨어!"

　"대통령 각하!"

　후세를 알아본 사람들이 허리를 굽히면서 인사했다.

　그러자 주위에 있던 다른 일본인들도 앞에 보이는 사람들이 정부 고관이라는 생각에 놀라서 허리를 굽히면서 인사를 했다.

　그들의 인사를 받으면서 후세가 어쩔 줄 몰라 했다.

　이척의 눈치를 살피다가 다가온 사람들의 마음을 살폈다.

　그는 누구보다 일본 국민들을 위하는 자였다.

　"불편한 것은 없습니까?"

　"왜 없겠습니까. 내 집이 아니니 모든 게 불편하지요. 하지만 이렇게라도 지낼 수 있음에 다행이라 생각합니다."

　"피난민 중 절반 정도가 집으로 돌아갔습니다. 여기 계신 분들도 빨리 집으로 돌아갈 수 있도록 복구 사업에 최선을 다하겠습니다. 정말 죄송합니다."

　죄송하다는 말이 입에 붙어 있었다.

　그런 후세에게 피난민들은 손을 잡고 어깨를 어루만지면서 절대 그렇지 않다고 말했다.

　그 모습을 이척이 묵묵히 지켜봤다.

곁에 있던 장성호에게 말했다.

"대인이로군. 짐이 배워야 할 자야. 어째서 저자가 대통령인지 이유를 알 것 같네."

"그런 말씀을 하실 수 있는 폐하께서도 대인이십니다. 그래서 신들은 절대 일본 관료들을 부러워하지 않습니다."

장성호의 말을 듣고 이척이 피식 웃으면서 아부라고 말했다.

그리고 계속 후세를 지켜봤다. 그가 일본 국민들의 마음을 어루만지는 것을 지켜봤다.

난민들에게 후세가 이척을 소개했다.

"혹시 저분을 아십니까?"

"누구 말인가요? 저기 서 계신 분 말입니까?"

"예. 조선의 황제 폐하이십니다."

"예……?"

"조선의 황제 폐하께서 이곳을 방문해주셨습니다. 인사하십시오."

"……."

처음 몇 초간은 정적이 흐를 정도로 조용했다.

그러나 이내 후세가 한 말을 이해하고 천막촌 사이에서 크게 소란이 일어났다.

사람들이 이척을 보고 놀랐다.

"세상에! 조선의 황제 폐하시라니?!"

"어쩐지! 어디선가 본 얼굴이라 생각했어!"

"조선 황제 폐하께서 오셨다! 우릴 살려준 나라의 황제 폐하께서 오셨어!"

"조선의 황제 폐하께서 어째서 여기에 오신 거지……?"

간간히 신문을 보면서 알게 된 이척의 얼굴이었다.

그가 천막촌 복판에 서 있자 사람들이 눈을 의심하면서 손으로 비볐다.

다른 나라의 군주, 그것도 세계 최강국이라 할 수 있는 조선의 황제가 눈앞에 있었다.

이척이 친히 일본 국민들을 살폈다.

"먹는 것이나 입는 것은 일본 대통령이 해결해줄 것이고, 그 외에 필요한 것은 있는가?"

일본 백성들에게 나아가서 이척이 물었다.

그의 물음에 한 남자가 난민촌을 대표하면서 부족하다 느낀 것을 알려줬다.

사람은 의식주로만 사는 존재가 아니었다.

"놀 거리가 부족합니다. 그리고 무엇보다 읽을 거리가 부족합니다."

"책이 필요하다는 이야기인가?"

"예, 폐하. 아이들의 견문을 넓혀줄 수 있는 책이 필요합니다. 보시다시피 이곳엔 부유층들이 가진 영출기는 고사하고 신문조차 보기 힘듭니다. 저희들이 원하는 것은 지식입니다."

백성들의 이야기를 듣고 고개를 끄덕였다. 이척이 장성호에게 말했다.

"총리."

"예. 폐하."

"정부에서 논의해서 이들에게 책을 지원해줄 수 있겠는 가?"

황명이 아닌, 정부의 결정과 실천이 가능하지 물었다. 그러자 장성호가 대답했다.

"지원이 가능합니다."

"그러면 적법한 절차로 이들을 지원해 줄 수 있기를 원한다."

"예, 폐하. 대신들과 논의해 보겠습니다."

긍정적인 대답이 나왔다.

조선말로 이뤄진 이야기에 피난민들이 어리둥절했고 역관이 대신해서 대화의 내용을 알려줬다.

그것을 듣고 사람들이 환하게 웃었다.

"폐하……."

"조선 황제 폐하께서 우릴 위해서 책을 주시겠다 니……."

"정말 감사합니다. 황제 폐하."

허리를 굽히며 감사의 뜻을 전했다.

그 모습을 보고 장성호와 대신들이 미소 지었고 후세와 일본의 장관들도 큰 감동을 느꼈다.

이척이 자신에게 책을 달라고 말했던 자의 손을 잡았다.

"책이 도착하면 그것으로 아이들을 가르치고 오늘의 일을 알려 달라. 그것으로 조선과 일본의 양국의 우의가 100

년 넘게 지켜질 것이다."

"예. 폐하. 감사합니다……."

눈물을 흘리면서 감사하다고 말했다.

이척은 곧바로 천막촌에서 떠나지 않고 그곳에서 아이들을 위해 음식 배식을 시작했다.

조선에서 지원한 곡물과 나물로 만들어진 음식이었다.

그리고 삶은 계란을 식판 위에 올려주면서 음식을 받은 아이들이 기뻐했다.

아이들이 직접 배식하는 이척에게 고개를 숙이면서 인사했다.

"감사합니다."

"그래그래. 많이 먹거라."

"네. 폐하."

함께 온 신임 외부대신이 이척의 곁으로 와서 말했다.

"폐하께서는 고귀하신 분입니다. 그런 분이 어째서 이렇게 친히 배식을 하시나이까. 차라리 신들이 하겠습니다."

'이상설'이 어쩔 줄 모르며 이척에게 말했다.

황제가 친히 배식을 하는 가운데 대신들은 뒤에서 그저 지켜보고 있었다.

그렇게 하라고 말한 것이 이척이었다.

"짐이 즉위했던 순간부터 조선은 입헌군주국이지 않는가? 그래서 정치는 경들이 하는 것이고, 짐은 선정을 베푸는 것이다. 그것이 짐이 할 수 있는 유일한 일이야. 우리 백성이건 외국의 국민이건 가리지 않고 인류애를 실천할 것이다.”

이야기를 듣고 이상설이 앞으로 몸을 기울였다.

경외하면서 뒤로 물러났고 아이들을 보면서 환하게 웃는 이척의 모습을 지켜봤다.

장성호가 함께 지켜보는 후세에게 말했다.

“저분이 우리의 군주십니다. 저분을 위해서 우리는 모든 것을 걸 겁니다.”

진정한 군자를 지켜보고 있었다.

그리고 그런 군주가 상징이 되는 조선과 함께한다는 것에 대해서 큰 영광을 느꼈다.

하루 동안 이희는 난민촌에서 지내며 일본 국민들의 삶을 살폈다.

그의 모습은 대동한 신문기자들을 통해서 며칠 뒤 조선과 일본에서 발행된 신문에 실렸다.

아이들의 머리를 쓰다듬는 이척의 모습이 사진 속에 담겼다.

심각한 표정으로 피난민들의 이야기를 경청하는 모습이 담겼고, 일본 관리들과 함께 배식하는 모습도 담기게 됐다.

이상설이 곁에 와서 이야기하는 모습과 이척이 그에게 무슨 말을 했는지 사진 아래에 기사로 실렸다.

그 기사를 서쪽의 일본 국민들이 읽었다.

그들은 이척의 선정에 크게 감동 받았다.

“조선 황제 폐하께서 오셔서 피난민들을 살펴 주시다

니······."

"지금 와서 생각하는 것인데. 어쩌면 우리가 조선의 식민이 되었어도 괜찮을 것이라는 생각이 들어. 이런 분이 조선의 군주이시니까."

"앞으로도 조선과 미래를 함께해야 돼."

다시 한번 조선과 함께해야 된다는 사실을 깨달았다.

그리고 이척의 선정을 보면서 일본 국민들은 조선이 선함을 기반으로 천년대계를 이룰 것이라고 생각했다.

그 미래를 함께하고자 했다.

일정을 마치고 일본을 떠나고자 했다. 숙소로 돌아온 이척이 장성호에게 물었다.

"내일 미리견으로 향할 것인가?"

"예. 폐하."

"공군 1호기면 하루 만에 미리견에 도착할 수 있겠군."

"북극의 하늘을 지날 겁니다. 최단거리로 워싱턴D.C에 도착할 겁니다."

하루 만에 세상 반대편으로 갈 수 있음을 예고했다.

그 사실을 듣고 이척은 감히 실감하지 못했고 어떤 때에는 그것이 정말 가능할까 의심했다.

다음 날 후세의 배웅을 받으면서 특별기에 올라탔다.

굉음을 일으키면서 육중한 기체가 하늘로 비상했다.

동경에서 이륙한 1호기는 몇 시간 만에 새하얀 대지 위를 날았다.

아래로 펼쳐져 있는 설원을 본 이척이 장성호에게 물었다.

"저기가 북극인가?"

"예. 폐하."

"정말로 눈밭이로군."

"보시기에 땅으로 보이지만 전부가 얼음입니다. 너무나도 추워서 바다 위로 두꺼운 얼음이 있는 겁니다. 그리고 절대 녹아서는 안 됩니다."

장성호의 말에 이척이 고개를 끄덕였다.

"녹으면 바닷물이 불어나겠군……."

"여태까지 우리가 누려왔던 사계절이 깨질 수도 있습니다. 그래서 석탄이나 석유 같은 화석 연료를 이용하는 것을 줄여야 합니다. 화석 연료 사용은 세상의 온난화를 유도합니다. 빨리 기술을 발전시켜서 그것을 극복해야 됩니다."

앞으로 환경문제가 올 것이라는 것을 예고했다.

장성호의 말을 이척은 절대 가볍게 여기지 않았다.

창밖으로 펼쳐진 하얀 세상을 보다가 의자에 몸을 기댄 채 한숨 잠을 이뤘다.

그리고 잠에서 깨자 워싱턴D.C에 이르렀다.

이척이 탄 특별기가 워싱턴D.C 군 비행장에 착륙하자 미리 대기하고 있던 미국의 신문기자들이 탄성을 터트렸다.

"와! 크다!"

"정말로 조선 황제의 특별기가 왔어!"

"프로펠러가 안 보여! 저게 압축분사기관인가 봐!"

"저게 라이트항공사의 천마인가?! 저렇게 큰 비행기가 어떻게 하늘로 날아올라서 한번에 여기까지 올 수 있는 거야?!"

"고려의 기술은 정말로 미친 것 같아!"

특별기에 대한 정보를 기자들이 미리 알고 있었다.

라이트항공사의 '천마'라는 여객기가 기본이 된다는 것을 알고 있었기에 그 비행기가 조선에서 미국으로 한번에 왔다는 생각에 입을 벌릴 수밖에 없었다.

연신 감탄하면서 사진기를 찍어댔다.

그리고 이척은 착륙한 특별기로부터 내리기 전에 장성호에게 감상을 전했다.

하루 만에 미국에 도착한 사실이 믿어지지 않았다.

"정말로 하루 만에 도착했군."

"예. 폐하."

"이것으로 세상에 철도가 사라지는 것은 아닌가?"

"그럴 일은 없을 겁니다."

"어째서인가?"

"항공기는 매우 빠르지만 무거운 화물을 실을 수 없고 탈 수 있는 인원도 한정적입니다. 하지만 철도는 항공기의 단점을 모두 메우고 비용마저도 쌉니다. 앞으로 더욱 필요하면 필요하지 절대 사라지지는 않습니다."

"그래서 돌궐까지 철도와 고속도로를 이은 것이군."

"예. 폐하. 조선의 물산을 서양으로 보내서 판매할 것입니다. 그리고 조선을 중심으로 세상이 하나로 묶일 겁니다."

장성호의 이야기를 듣고 이척이 환하게 웃으면서 기대했다.

그가 황후 민씨와 함께 특별기에서 내렸다.

신문기자들이 사진기로 그 모습을 찍는 가운데, 방송국에서 나온 기자들도 촬영기로 취재를 벌였다.

그리고 이척은 마중 나온 미국의 신임 대통령과 악수하면서 인사했다.

미국의 신임 대통령은 '허버트 클라크 후버'였다.

"미합중국 대통령 허버트 클라크 후버입니다."

"대조선제국 황제요."

"이렇게 뵙게 되어서 영광입니다. 그리고 서양의 수많은 나라들 중에 제일 먼저 방문해주셔서 감사합니다."

"짐이야말로 이렇게 마중을 나와 줘서 참으로 고맙소. 대통령이 보여준 예우를 절대 잊지 않을 거요."

후버가 감사를 나타냈고 이척 또한 고마운 마음을 나타냈다.

악수하면서 서로의 얼굴을 쳐다봤고 이척은 후버의 눈동자가 흔들리는 것을 보게 됐다.

그의 시선이 어깨 뒤로 향해 있는 것을 알았다.

이척이 특별기를 쳐다본 뒤에 말했다.

"우리 항공기를 원하는 것이오?"

그의 물음에 후버가 허탈하게 웃으면서 대답했다.

"속마음이 들켰군요. 그렇습니다. 폐하."

"그러면 짐과 함께 온 대신들에게 이야기해보시오. 정식 절차로 도입을 희망한다면 충분히 도입할 수 있을 것이오. 대통령 특별기와 미리견 국민이 이용할 수 있는 여객기로 말이오. 미리견은 조선의 동맹국이오."

"폐하께서 그렇게 말씀해주시니 감사할 따름입니다. 그에 대해선 나중에 고려 총리에게 문의해보겠습니다. 이쪽입니다. 제가 폐하를 모시겠습니다."

이척이 후버와 함께 어깨를 나란히 하면서 걸었다.

그들의 발아래에 붉은 카펫이 깔려 있었고 카펫 옆에 서 있던 미군 의장대가 예총 소리를 내면서 이척의 방문을 환영했다.

이어 단상 위에 이척이 후버와 함께 오르자 줄 맞춰 서 있던 미군이 움직이기 시작했다.

미군을 지휘하는 장교가 칼을 내리면서 크게 소리쳤다.

"고려 황제 폐하께 경례!"

척!

"……."

이척이 거수경례로 그들의 경례를 받아줬다.

그를 뒤에서 대신들이 지켜보고 있었다.

미군으로부터 사열을 받는 이척의 모습이 그토록 자랑스러울 수 없었다.

그가 이척과 조선의 영광을 기원했다.

'만국의 경외를 받으시기 바랍니다. 그것이 곧 조선 만민에 대한 경외입니다. 폐하께서야말로 조선 그 자체입니

다.'
　조선의 상징이었고 조선의 대표였다.
　이척이 외국 순방에 나서면서 세상의 이목을 끌었다.
　그를 통해서 사람들은 조선의 정의로움과 위대함을 깨달
았다.
　조선이 만든 하늘길이 곧 비단길이었다.
　그리고 그 비단길은 지상에서도 펼쳐지고 있었다.
　이척의 순방이 계속 이어지고 있었다.

바닷길이 지상과 하늘로 나누어지다

　미국에 조선의 황제가 도착했다.

　그 소식은 각국의 뉴스와 뉴월드타임스와 같은 신문사를 통해서 세상에 널리 알려졌다.

　영국인들이 아침에 가판대에 꽂힌 신문을 사서 읽었다.

　그리고 황제인 이척과 대신들이 타고 움직이는 특별기에 대해 관심을 나타냈다.

　누가 보더라도 어지간한 건물 크기만 한 특별기를 보면서 그것이 하늘을 날 수 있다는 사실에 놀라워했다.

　그에 관해서 사람들이 이야기했다.

　"이게 고려 황제가 타는 특별기야?"

"엄청 크구먼."

"길이만도 50미터가 넘는다고 적혀 있어. 날개 길이도 45미터고 말이야."

"아무리 고려라지만 이런 비행기를 어떻게 만들 수가 있는 거지?"

"맙소사……."

사무실에 출근한 직장인들이 쉬는 시간에 휴게실에서 신문을 보면서 이야기했다.

그리고 이척이 탄 특별기가 여객기로도 팔릴 것이라는 사실을 알았다.

특별기는 하나만 있는 것이 아니었다.

"라이트항공사의 천마라고 하는군. 그리고 이번에 고려 황제가 타지 않았지만 안창남항공제작사에서 만든 태극이라는 비행기도 있어. 그 두 여객기를 고려 황실 전용으로 개조했나 봐."

"와, 사진 좀 봐. 안이 엄청 넓어. 비둘기는 상대도 안 되는구먼."

실내를 찍은 사진이 있었다. 비둘기에 비해서 넓은 실내와 안을 채우는 카펫, 원목, 가죽 등을 보면서 신문을 읽는 영국인들이 감탄을 했다.

그 신문은 조지 5세에게도 전해졌다.

조선 황제가 탑승한 특별기에 대해서 조지 5세가 큰 관심을 보였다.

그의 앞에 총리인 '램지 맥도널드'가 있었다.

"대단하군. 고려 황제가 탄 특별기 말이야. 이것이 정말로 여객기로 팔린단 말인가?"

"예. 폐하."

"몇 명 정도 탈 수 있는가?"

"300명 정도인 것으로 압니다. 고려에서 제작하는 비둘기에 비해서 10배 넘는 인원이 탈 수 있습니다."

"영국에서는 이것을 만들 수 없겠지……."

"예. 폐하… 이제야 겨우 비둘기만 한 여객기를 제작할 수 있습니다."

조지 5세의 물음에 맥도널드가 담담하게 말했다.

그의 대답을 듣고 조지 5세가 한숨을 쉬었다.

그러나 노하거나 크게 안타까워하지 않았다.

"어쩔 수 없군. 이미 그럴 것이라고 예상은 했네. 허면 이것을 고려에서 팔면 우리 항공사에서 수입하려고 하겠군."

"꽤 주문이 밀린 것으로 압니다. 이미 미국의 항공사에서 잔뜩 주문을 넣은 것으로 압니다."

"고려에서 많은 수익을 거둬들이겠군. 뭐, 그렇다고 우리에게 대놓고 적대하는 나라는 아니지만 참으로 아쉽군, 아쉬워. 어찌되었건 장관들과 논의해 보게. 짐이 아니라 나라 체면이 있으니 고려 황제가 타는 전용기 정도는 구입해야 할 것이네."

"알겠습니다. 폐하. 장관들과 논의해 보겠습니다."

마음을 많이 내려뒀다. 이제는 조선이 영국보다 강국이

라는 것을 인정하고 있었다.

로스차일드가 가문이 무너진 뒤로 조선에 대적할 수 있는 나라와 무리는 없다고 생각했다.

그렇다고 조선이 막무가내로 패권을 부리는 것이 아니었기에, 조지 5세와 영국의 장관들은 조선이 세운 질서 안에서 영국의 국익을 추구하고 내일을 설계해 나가고 있었다.

대영제국의 체면 정도는 지키려고 했다.

조지 5세가 맥도널드에게 말했다.

"이번에 런던에 온다면 직접 말해 보는 것도 나쁘지는 않겠군."

조지 5세의 말을 듣고 맥도널드가 가라앉은 목소리로 말했다.

"이번에 런던에는 오지 않는 것으로 압니다."

"뭐? 그게 사실인가?"

"예. 폐하."

"짐이 알기로 터키를 방문하는 것으로 아는데 런던을 방문하지 않는다고?"

"유럽의 어떤 나라에도 방문하지 않는 것으로 압니다. 그렇게 할 수 있는 것이 고려 황제의 특별기는 매우 멀리 날 수 있습니다. 중간에 착륙해 급유를 할 이유조차 없습니다."

이야기를 듣고 조지 5세가 어안이 벙벙해졌다.

그러다가 기침을 하면서 앞으로 몸을 기울였다.

"콜록! 콜록!"

"폐하? 괜찮으십니까?"

"괘…괜찮네… 알겠으니 가 봐… 콜록! 크흠! 으
윽……."

"폐하……."

염색을 하지 않으면 머리에는 하얀 머리밖에 없었다.

그만큼 조지 5세도 60세를 넘어 많이 노쇠해져 있었다.

늑막염에 걸린 상태로 병이 쉽게 낫지 않고 있었다.

조선에서 개발한 항생제를 투여했지만 그것을 쓰다가 안
쓰다가 하면서 내성까지 생긴 상태였다.

집무실로 돌아온 맥도널드가 담배를 물고 불을 붙였다.

쿠바에서 생산된 시가의 맛을 음미하면서 영국을 무시하
고 터키로 향하는 조선 황제에 대해 생각했다.

그의 집무실에 외무장관인 '루푸스 다니엘 이삭스'가 있
었다.

"터키를 방문하고 곧바로 인도로 향한다고 들었소."

"인도에 말이오?"

"그렇소."

"그렇다는 이야기는……."

"고려가 추진했던 고속철도와 고속도로 건설. 그것을 살
피고 우리 식민지였었던 나라들과 우의를 도모하려는 것
이오. 그것 외에는 생각할 수 있는 것이 없소."

이척의 순방이 어떤 목적을 가지고 있는지 알게 됐다.

그 목적은 조선의 영향력을 널리 뻗히는 것에 있다고 생
각했다.

경도 60도는 절대 영국과 조선의 경계가 아니었다.

"전에 원화 지원을 받으면서 경도 60도 동쪽의 모든 식민지를 잃었지… 인도까지가 조선의 영향권 안이라고 생각했소. 하지만 그때의 판단은 완전히 오판이 되었소. 조선의 패권은 터키까지 전해질 것이고 이스탄불에서 시작해 온 유럽에도 미칠 것이오. 앞으로 세상이 어떻게 변할지 참으로 두렵소. 어쩌면 우리가 겨우 가지고 있는 식민지들도 토해낼 지도 모르오. 막으려 해도 막을 수 있는 것이 아니지만… 지금부터라도 식민지를 잃은 것을 가정하면서 브리튼 왕국의 미래를 계획해야 되오."

대영제국이 아닌 브리튼 왕국이었다.

미리 식민지를 잃은 후의 미래를 그리기 시작했다.

맥도널드의 예상대로 이척과 대신들은 터키를 방문해 유라시아 고속철도와 그 시작점인 이스탄불 역사를 살폈다.

화려한 석상과 장식이 역사 안을 채우는 가운데 철도마다 공중에 고압선이 설치되어 있었다.

그 전선에 조선의 기술로 건설된 화력발전소에서 전기 공급이 이뤄졌다.

철도를 보는 이척에게 터키에 파견된 조선인 기술자가 설명을 했다.

"돌궐에서도 질 좋은 석회와 철강석이 생산되고 있어서 그들의 석회와 강철로 고속철도를 건설했습니다. 한빛이 고속으로 충분히 달릴 수 있도록 부설되었습니다."

설명을 듣고 이척이 고개를 끄덕였다.

174

그때 터키에 수출된 고속전철이 전동기음을 울리면서 역사 안으로 들어왔다.

한빛의 객차를 보면서 이척이 장성호에게 물었다.

"이 열차가 여기서 출발해서 파사로 향하는가?"

"예. 폐하. 그리고 인도와 초나라를 거치고 중화민국으로 향합니다."

"출발하면 며칠 동안 달려야 조선에 이를 수 있지?"

"대략 일주일 정도 걸립니다. 한달 후에 모든 선로가 완공됩니다."

이야기를 듣고 이척이 고개를 끄덕였다.

그리고 한빛을 보면서 하루 빨리 터키와 조선이 철도와 고속도로로 이어지기를 소망했다.

그 마음은 터키 정치인들과 기업인들도 마찬가지였다.

세계 대전에서 오스만 제국이 패한 뒤로 무혈혁명을 이뤄낸 혁명가 같은 대통령이 있었다.

그의 이름은 '무스타파 케말 아타튀르크'였다.

터키 공화국을 세운 그가 이척에게 감사의 뜻을 전했다.

이척에 대한 감사는 조선에 대한 감사였다.

"조선 덕분에 내일을 꿈꿀 수 있습니다. 이스탄불에서 한빛이 출발하고 조선에 이르면, 터키와 조선은 함께 국부를 이룰 것입니다. 앞으로도 더 많은 협력이 이뤄지길 원합니다."

아타튀르크의 말을 통역으로 듣고 이척이 미소를 지으면서 말했다.

"돌궐은 예로부터 우리의 형제 민족이오. 함께 피를 흘린 전우 같은 형제요. 비록 지난 전쟁에서 서로에게 선전포고를 했지만 도중에 큰 충돌이 없었던 것도 큰 다행이라 여기고 있소. 지난 서운했던 순간을 지금 이렇게 풀 수 있어서 너무나 기쁘오."

"저도 마찬가지입니다. 폐하."

"앞으로도 조선과 돌궐이 협력하기를 원하오."

"예. 폐하. 조선이 말하는 공정과 배려의 가치를 우리 인민들도 함께 배울 것입니다."

조선이 무엇을 중요하게 여기는지 알고 있었다.

아타튀르크는 그런 조선의 사고방식을 배우고 터키를 발전시키고자 했다.

그는 공화제로 터키를 세운 뒤 대통령이 된 후 여성에게 선거권을 부여하고 일부다처제를 폐지시켰다.

그리고 당사자는 자식에게 대통령직을 대물림하지 않기 위해 부인과 이혼을 하면서 홀로 나라를 위해서 힘쓰고 있었다.

그런 아타튀르크의 진심을 이척이 알고 서로를 존경하고 있었다.

며칠 뒤 앙카라 공항에서 이척의 특별기가 이륙했다.

아타튀르크와 터키 정치인들의 배웅을 받으면서 이륙한 뒤 페르시아 상공을 지난 후 인도 상공으로 접어들었다.

왼쪽 창문 밖 너머로 멀리 머리가 하얀 산들이 줄지어 있는 것이 보였다.

그 산을 보면서 대신들이 감탄하게 됐다.

"와!"

"거의 우리 고도와 비슷한 높이인 것 같은데……."

"대체 얼마나 높은 것인가, 저 산은?"

이척도 신기하게 여기면서 장성호에게 물었다.

"총리는 저 산을 아는가?"

"어떤 산들이 있는지는 압니다."

"그 산들의 이름은 무엇인가? 또 얼마나 높은가?"

이척의 물음에 장성호가 기억을 더듬었다.

"정확히 위치는 모르지만 에베레스트라 불리는 산과 K2 라 불리는 산이 있는 것으로 압니다. 그 산들은 전부 고도 8000미터에 이르는 고봉입니다. 20리 넘는 높이에 이르는 산들입니다."

"산 높이가 20리라니… 그러면 지금 짐이 타고 있는 특별기의 고도는 얼마인가?"

"대략 10000미터 정도인 것으로 압니다. 참고로 태백산은 2744미터입니다. 폐하."

이해하기 쉽게 태백산의 높이를 말하면서 비교했다.

그 말을 듣고 이척이 옅은 탄식을 터트렸다.

"태백산이 우리 민족의 영산인데 초라하게 보일 정도군. 짐이 특별기를 타지 않았다면 몰랐을 일이야. 덕분에 저렇게 높은 산의 존재를 알게 되는군."

"세상에서 가장 높은 산들입니다."

"아마도 그렇겠지. 더욱 높은 산이 있다면 우리 여객기로도 넘을 수 없을 것이다. 저런 산에 누군가 올라선다면 그는 세상에 비할 수 없는 명예를 얻게 될 것이야. 그가 조선인이기를 원할 뿐이다."

히말라야라 불리는 산들을 보면서 이척이 개인적인 바람을 전했다.

그가 탄 특별기는 세상의 지붕을 조금이나 볼 수 있는 곳에서 비상했고 이내 고도를 낮추면서 뉴델리 공항에 착륙하기 시작했다.

바퀴를 내리고 기수를 활주로에 일치시키면서 사뿐히 내려앉았다.

기체 내부에서 크게 진동이 일어났고 속력이 줄어들면서 그 진동도 함께 줄어들었다.

그리고 완전히 멈춰 섰다.

이척이 허리에 맸던 안전띠를 풀고 자리에서 일어났다.

그리고 곁에 앉아 있던 황후 민씨의 안전띠를 친히 풀어줬다.

"무사히 착륙했소. 어떻소?"

"머리가 조금 아픈 게… 멀미가 있는 것 같습니다. 폐하…….."

"일어나서 조금 걷다보면 사라질 거요. 나가면 인도 국민들이 맞이해줄 테니 머리모양과 옷매무새를 조금 고치시오."

"예. 폐하."

착륙할 때 일어난 진동으로 느낀 멀미를 황후고 호소했

178

고 그녀를 이척이 살펴줬다.

황후 민씨가 정신을 챙기고 옷매무새를 고치는 동안 이척은 대신들과 함께 특별기에서 내릴 준비를 했다.

그리고 황후가 내릴 준비를 마치자 그녀의 손을 잡고 특별기의 문으로 향했다.

앞에 계단차가 붙어 있었다.

문에서 이척이 나오자 공항 외곽을 메운 인도 국민들이 함성을 일으켰다.

그 수는 그야말로 구름떼 수준이었다.

"대조선제국! 만세!"

"대조선제국! 황제 폐하 만세!"

"와아아아아~!"

인도말이 아닌 조선말이었다. 이척을 환영하기 위해서 인도인들이 조선말로 만세를 부르면서 크게 환영했다.

그 모습을 보고 미소 짓지 않는 조선 대신들은 아무도 없었다.

계단 차 앞에 마중 나와 있는 사람들이 있었다.

"인도 공화국에 오신 것을 환영합니다, 폐하. 인도 대통령인 자와할랄 네루입니다. 뵙게 되어서 영광입니다."

내민 손을 잡으면서 이척이 네루에게 인사했다.

"대조선 제국의 황제요. 만나게 되어서 반갑소."

입가에 피어난 미소가 떠날 줄을 몰랐다.

인도는 더 이상 어떤 나라의 식민지가 아닌, 조선의 도움을 받아 당당한 독립국이 되어 있었다.

영국이 변질시킨 카스트는 완전히 무너졌고 불가촉천민과 여성에 대한 부당한 인식도 눈처럼 녹은 나라가 되어 있었다.

또한 종교의 차이로 인해 분열되지 않은 나라가 되었다.

인도는 힌두교의 나라가 아닌 종교의 자유가 있는 나라였다.

그런 조국에 대한 인도인들의 자부심이 대단했다.

"인도에 오신 것을 환영합니다. 이 나라가 얼마나 공정하고 배려 넘치는 나라인지 폐하께 보여드리겠습니다. 모든 것이 고려의 도움 덕분입니다."

총리인 간디가 이척에게 자신 있게 말했다.

그는 장성호를 보고 눈짓으로 인사하며 고마움을 나타냈다.

인도와 조선은 서로가 말한 약속을 지키고 신뢰의 관계를 가지게 됐다.

그로부터 한달이 지나서였다.

한양에서 시작되어 이스탄불로 이어지는 고속철도와 고속도로가 완공되었다.

'한빛'은 조선의 역사와 미래를 상징하는 기물이 되었다.

* * *

터번을 쓴 남자아이가 열차의 창문 앞에 붙어서 얼굴을 뗄 줄 몰랐다.

눈동자에 이채를 띤 채 바람보다 빠르게 지나가는 창밖의 풍경을 지켜보고 있었다.

옆에 앉아 있는 아버지에게 탄성과 함께 감상을 전했다.

"정말 빨리 달려요! 아버지! 차보다 훨씬 빨리 달려요!"

"그래. 내가 보기에도 그렇구나. 조용해서 몰랐는데 창밖을 보니 훨씬 빨라. 차보다 몇 배는 빠르다는 말이 실감되는구나."

"이렇게 일주일을 가면 고려에 도착하는 건가요?"

"그래."

"빨리 도착했으면 좋겠어요! 고려에 도착해서 미기 놀이 동산에도 가보고 싶어요! 벌써부터 흥분이 되요! 아버지!"

10살 정도 되는 남자아이였다.

아이가 흥분하자 똑같이 터번을 쓴 남자가 어깨를 두드렸다.

두 사람이 입은 옷의 옷감은 비단옷으로 그들이 부호라는 것을 단번에 증명하고 있었다.

그들은 아라비아 왕국의 사람이었다.

침대차가 연결된 한빛이 열사의 땅 위로 건설된 고속철도를 달렸다.

시속 200km가 넘는 속도로 질주했고 하루도 안 되어서 이라크, 페르시아 땅에 도착했다.

그리고 며칠 뒤 조선에 도착해 서울역에서 내렸다.

서울역 승강장에서 갖은 외모와 의복 차림을 한 사람들이 내렸다.

[보시다시피 이제 서울역은 세상의 중심이라 할 수 있습니다. 돌궐과 파사, 아라비아, 심지어 인도, 중화민국에서 사람들이 몰려오고 있고 한양은 그 어느 때보다 외국인이 넘치는 도시로 변해가고 있습니다. 때문에 정부에서는 조선을 방문하는 외국인들이 사건사고를 일으키지 않도록 미리 교육할 방침입니다 또한 각국 정부에 연락해서 조선을 방문할 시에 주의해야 할 나랏법을 알려줄 방침입니다. 준법이 이뤄지되 서로에 대한 배려가 필요하다 여겨집니다.]

영출기에서 기자의 취재 영상이 나왔다.

조선을 방문한 외국인 앞에 마이크를 붙였고 그들이 하는 이야기를 조선 만민들에게 들려줬다.

외국인들은 한양의 풍경을 보면서 감탄하고 있었다.

[올 때 고속전철을 타고 왔는데 고려의 기술력이 정말로 대단하다 여겨집니다. 그리고 한성에 이렇게 높은 건물이 있을 줄 몰랐습니다. 아니, 처음부터 알고 있었지만 저의 생각보다 훨씬 높습니다. 고려는 정말 대단한 나라입니다.]

돌궐인의 발언이 전해지고 기자가 취재를 마무리 지었다.

[9시 한성의 김은상 기자였습니다.]

고속철도의 개통으로 한양이 더욱더 번화하고 있었다.

그것에 대한 이야기를 장성호가 김인석을 만나서 이야기했다.

두 사람이 장성호의 집에서 함께 식사했다.

"요즘 따라 한양이 매우 시끄럽군."

"외국인들이 많이 늘어서인 것 같습니다."

"아마, 21세기의 뉴욕을 본다면 이런 느낌일 거야. 전 세계 사람들이 뉴욕으로 죄다 몰렸었으니까. 지금은 억만금을 쥘 수 있는 사람들만이 오겠지만 나중에는 100배는 더 많은 사람들이 올 거야."

"그래서 다른 나라 정부에 요청을 했습니다. 교육 좀 제대로 시켜달라고 말입니다. 만약 우리나라에 와서 법을 어긴다면 질서를 위해 처벌할 수밖에 없습니다."

"힘이 없었다면 그것도 불가능하겠지."

"그래서 다행입니다. 함장님."

사석에서는 함장이라는 호칭을 썼다.

그렇지만 조선에서 쓰이는 호칭은 국회로 불리는 만민의회의 의장이었다.

총리직을 내려놓은 김인석이 백성들의 뜻을 받들고 있었다.

그가 여생마저도 조선의 미래를 위해서 힘쓰고 있었다.

김인석이 조선의 무역에 대해서 물었다.

"고속철도가 개통되었고 고속도로도 개통되었는데, 다른 나라와의 무역은 어떠한가?"

장성호가 산업부에서 올라온 보고를 알려줬다.

"내년에 3배 정도 늘 것으로 예상합니다. 우리에게 필요한 자원들을 취하고 철도와 도로로 연결 된 나라들의 경제도 급속도로 성장할 것입니다."

"직격탄을 맞은쪽은?"

"아마도 해상 무역일 겁니다. 유럽의 무역선들이 전부 이스탄불로 향하고 있습니다."

장성호의 이야기를 듣고 김인석이 미소 지었다.

"철도가 다시 부활했군."

"기술이 일으킨 기적입니다."

"기적이라기보다는 필연이겠지. 그리고 피해를 입는 나라도 미리 대비를 했을 게야. 그들에 대한 비전도 보여줘야 하네. 그래야 우릴 신뢰할 수 있어."

김인석의 당부를 장성호가 받아들였다.

"명심하겠습니다. 함장님."

새로운 비단길이 탄생되면서 세상이 격변에 빠져들었다.

수백년 동안 무역의 중심이 되던 해상무역이 깨져버렸고 그 자리를 하늘과 지상이 차지하기 시작했다.

특히 고속철도와 고속도로를 앞세운 무역이 크게 늘어났다.

고속전철의 차량 중에 화물차가 함께 개발되었다.

그 차에는 냉장 냉동 장치까지 탑재되면서 식료품부터 가전제품, 심지어 광석까지 실을 수 있었다.

철도를 통해서 세상의 물산이 빠르게 돌기 시작했다.

그로 인해서 나라별로 힘들었던 산업이 크게 일었다.

앙카라 외곽의 한 목장에서 한 아이가 조선에서 만들어진 양털 깎기로 양털을 깎고 있었다.

그의 아버지가 큰 소리로 자식에게 말했다.

"가르쳐준 대로 하고 있지?!"

"예! 아버지!"

"중간에 끊지 말고 한번에 밀어서 잘 깎아! 그러고 나면 털을 잘 모아서 씻는 거야! 열심히 해야 목장을 키우고 네게 물려줄 수 있어!"

"예!"

아이에게 당부를 전하며 아비가 웃었다.

하천가에서 빨래를 하고 돌아오던 그의 아내가 얼굴을 보고 물었다.

"요즘 기분이 좋은가 봐요?"

"당연히 기분이 좋지. 고려에서 양털을 많이 찾는 덕분에 우리가 수출할 수 있게 되었잖아. 나는 우리나라에 고속철도가 생겼다고 하기에 그게 좋은 일일까 했는데 정말로 좋은 일이었어. 이게 다 고려 덕분이야."

남자가 아내에게 조선에 대한 예찬을 펼쳤다.

그의 아내도 더 이상 밥을 굶지 않아도 된다는 사실에 기뻐했고 행복을 누렸다.

그들이 취한 양털은 이내 화물차에 실려서 앙카라로 보내졌고 고속철도를 통해서 빠르게 조선으로 보내졌다.

그런 편리한 교통을 유럽 또한 누리려고 했다.

이스탄불 항구에 무역선들이 몰려들었다.

"와, 몇 척이야? 대체 이거?"

"정리를 하려면 고생 좀 많이 하겠어."

"당장 예인선들을 불러. 순서대로 부두에 접안시켜야
해!"

항구에서 일하는 직원들이 바쁘게 움직였다.

그들은 움직이는 와중에 부두에 설치 된 큰 거중기들을
보고 있었다.

이스탄불항을 건설해 준 것도 조선이었다.

"고려 덕분에 우리가 흥하는구먼."

이미 부두에 무역선들이 정박해 있었다.

그 배들의 국기는 프랑스 국기부터 네덜란드, 벨기에, 이
탈리아까지 매우 다양했다.

지중해에서 인도양으로 나아가기보다 이스탄불에서 화
물을 내리고 그대로 고국으로 돌아갔다.

그것으로 인해서 국익을 잃는 나라가 있었다.

영국 총리인 맥도널드에게 보고가 전해졌다.

"무역위원회의 보고입니다. 수에즈 운화의 통관세 수입
이 크게 줄어들었다고 합니다."

"고려에서 건설한 고속철도 때문인가?"

"아마도 그런 것 같습니다. 심지어 우리 해운 회사의 무
역선들도 이스탄불항에서 정박해 화물을 내린다고 합니
다. 때문에 터키 경제가 살아나고 있습니다."

"터키뿐이겠나. 철도가 지나는 인도도 함께 일어나겠지."

"예……."

"예상은 했지만 실제로 이렇게 되니 정말 마음에 안 드는군. 결국 해가 지지 않는 제국도 옛말이 되었어. 어쩔 수 없는 일은 어쩔 수 없는 일이로군……."

침통함 속에 빠져들었다. 그리고 영국의 현실을 다시 깨달았다.

한참동안 말없이 보고서를 읽다가 그것을 내려두고 맥도널드가 입을 열었다.

그는 자신의 직책에 최선을 다하려고 했다.

"지금 상황에서 할 수 있는 것들을 해야지. 회의를 열 테니 장관들을 불러주게."

"예. 수상 각하."

영국의 수에즈 운하의 수익이 갈수록 악화되고 있었다.

유럽의 배들은 며칠이나 기다려서라도 이스탄불에서 화물을 내리고 있었고 수에즈 운하를 지나는 배들은 오직 동아프리카로 향하는 무역선과 연락선들밖에 없었다.

네덜란드와 프랑스가 동남아시아 일대에 식민지를 두고 있었지만 그들 나라조차도 해상을 통해서 물산을 보내지 않았다.

이스탄불에서 철도를 통해 초나라 광주까지 빠르게 운송한 뒤 해상 무역로를 최단거리로 두기 시작했다.

영국의 각 부 장관들이 모여서 회의를 진행했다.

그들은 수에즈 운하에서 얻는 수익을 어떻게 대체할 것인지에 대해서 고민했다.

결론은 쉽사리 나오지 않았다. 힘든 회의 끝에 한가지 결론에 이르렀다.

현실에 순응하면서 그들이 택할 수 있는 최선을 택했다.

조선에 영국 정부의 요청이 전해졌다.

"고속철도 건설을 영길리에서도 이루고 싶다는 말입니까?"

"예. 총리대신."

"돌궐과 인도를 보면서 많이 탐이 났나 봅니다?"

"그런 것 같습니다. 고속철도를 통해서 철도 산업을 다시 부흥시킬 수 있으니 말입니다."

"최근에 수에즈 운하로 얻는 수익이 크게 떨어졌다고 하던데 간접 투자로 미래의 수익을 얻으려는 것 같습니다."

외부대신인 이상설의 보고를 듣고 장성호가 말했다.

그는 영국 정부가 무엇을 그리고 있는지 알고 있었다.

그리고 그 이득을 조선도 보게 될 것이라고 생각했다.

"어차피 고속철도가 건설되면 그로 인해서 사람과 물산이 원활하게 움직이고 영길리에 진출해 있는 우리 회사도 득을 보게 될 겁니다. 그러니 긍정적인 방향으로 검토가 이뤄질 것이라고 전해주십시오. 관련되는 대신들과 논의해 보겠습니다."

"예. 총리대신."

유럽의 교통을 형통하게 만들어서 그로 인한 간접 이익

을 얻으려고 했다.

그리고 통상부대신, 산업부대신을 만나서 영국에 어떻게 고속철도를 건설할 것인지, 한빛을 어떻게 수출할 것인지에 대해서 논의했다. 또한 이내 결론을 내렸다.

"어차피 고속철도 건설은 영길리 정부가 주도해서 충분히 할 수 있는 것이니 우리는 건설 방법만 알려주고 그들의 식민지 통관세에 대한 면제를 얻읍시다. 20년 동안 건설 기술 유출 금지와 다른 나라에 건설을 금하는 것을 조건으로 세우고 말입니다. 한빛에 대해서는 우리가 수출하고 20년 동안 정비를 맡으면 될 것 같습니다."

동시에 회의 중에 나온 의견을 추가했다.

"추가로 우리의 고속전철을 불란서와 독일 등에도 홍보해 봅시다."

"예. 총리대신."

영국의 요청을 받아들이기로 했다.

대신 여러 조건들이 걸렸고 영국은 그 조건을 받아들일 수밖에 없었다.

"어쩔 수 없지… 고려가 내건 조건을 수용토록 하시오."

"예. 수상 각하……."

그렇지만 지도를 보면서 씁쓸한 기분을 느낄 수밖에 없었다.

맥도널드가 벽에 걸린 세계 지도를 보면서 한숨을 쉬었다.

그의 시선이 인도로 향해 있었다.

"결국… 우리 식민지에 국민들의 세금을 바쳐야 하는 가……."

영국의 제조회사들도 이스탄불항을 이용하고 고속철도를 이용할 수밖에 없었다.

그리고 인도를 지날 땐 반드시 인도 정부에 통관세를 내야만 했다.

그런 현실이 참으로 버티기가 힘들었다. 그래도 그것을 감내해야 했다.

페르시아와 인도 접경지에서 두 나라의 철도 검문소가 각각 세워져 있었다.

그리고 페르시아 방향으로 향할 땐 페르시아 검문소에서, 인도로 향할 땐 인도 검문소에서 검문을 받아야 했다.

고속으로 달리던 한빛이 유일하게 속도를 줄이고 멈출 땐 국경선에서였다.

멈췄던 한빛이 검문을 마치고 다시 속도를 높이기 시작했다.

열차가 멀어지자 까무잡잡한 피부를 지닌 인도 공무원들이 환하게 웃었다.

"저게 다 돈인 거잖아. 맞지?"

"그래. 맞아."

"하루에만도 열차가 20번도 넘게 지나는데 아마 거두는 통관세도 어마어마할 거야."

"그렇게 모은 돈은 우리들을 위해서 쓰일 거야."

"암. 그렇고말고."

통관세를 거둬서 인도의 산업을 키우고 일자리를 만드는 데에 쓰일 것이라고 생각했다.

그리고 그들의 자녀 교육을 위해서도 쓰일 것이라고 여겼다.

검문소를 지키면서 미리 통보되었던 열차의 번호가 서로 맞는지 확인하는 업무를 진행했다.

그리고 다시 열차 한 대가 도착했다.

페르시아 방향에서 온 고속전철이 검문소 앞에서 서자 인도 공무원들이 열차 번호를 확인하고 기관사의 신원을 확인했다.

그러면서 열차에 실린 화물을 살피기 시작했다.

"페르시아에… 터키에…….."

"심지어 이탈리아와 프랑스에서 온 화물도 있어."

객차는 없었고 화물차만 줄줄이 달린 고속전철이었다.

화물차 옆으로 큰 문이 열려 있었고 100명이 넘는 인도 공무원들이 빠르게 열차에 실린 화물을 확인하며 검문 결과서에 표시를 새겨 넣었다.

그러다가 한 차에 실린 화물들을 보고 눈을 크게 키웠다.

"와, 이거 전부 영국 회사 물건들이네…….."

"진짜네? 나무상자에 유니온기 표시가 있어."

"이 화물들은 전부 통관세를 낸 화물들이야. 여기에 목록이 있어."

"영국이 우리에게 통관세를 내다니…….."

"놈들은 더 많이 내도 괜찮아."

영국의 식민지에서 완전히 벗어났다는 것을 실감했다.

검문을 끝내고 화물차에서 나와서 호각으로 신호를 줬고 이어 멈췄던 한빛이 다시 움직이기 시작했다.

멀어지는 열차를 보면서 검문소의 공무원들이 두 주먹을 불끈 쥐었다.

"정말로 우리가 독립국이구나."

"더 이상 영국 놈들이 우리 땅을 마음대로 다닐 수 없게 되었어. 심지어 화물조차 말이야."

"우리 아버지께서 살아 계셨다면 정말로 좋아하셨을 텐데……."

통쾌함과 아쉬움이 함께 느껴졌다.

더 이상 식민이 아니라는 사실에 다행이라 생각하면서 감사했다.

그렇게 모든 인도인들이 신문을 통해 영국 회사가 통관세를 냈다는 사실에 기뻐했다.

집무실에서 네루가 간디와 함께 보고 받았다.

"독립을 시켜주겠다는 약속을 지켜줬고 이렇게 고속철도와 고속도로 건설을 도와주다니……."

"덕분에 우리 경제를 일으키는데 큰 도움이 되고 있소. 거기에 영국이 우리에게 통관세를 내야 하고 말이오."

"모든 게 고려 덕분입니다. 고려가 없었다면 이런 일이 절대 없었을 겁니다. 우리는 고려와 함께해야 됩니다."

"지당한 말이오."

운명을 함께 하며 조선의 질서를 따르고자 했다.

네루와 간디가 생각하기에 세상에서 가장 이상적인 나라
는 바로 조선이었고 인도를 조선과 같은 나라로 만들고자
했다.

그러한 인도의 분위기를 조선의 방송국에서 파견된 기자
들이 취재에 나섰다.

촬영기 앞에 선 조선인 기자가 거리를 돌아다니면서 인
도인들에게 손을 흔들었다.

그러자 인도인들도 따라 손을 흔들면서 환하게 웃었다.

"이렇듯, 고속철도로 조선과 연결된 인도의 경제가 좋아
지면서 사람들의 얼굴에 미소가 배어들고 있습니다. 김은
상 기자였습니다."

촬영기 앞에서 기자가 취재를 마무리했다.

그를 녹화한 촬영기의 자기선은 조만간 특별 화물기를
통해서 조선으로 보내질 예정이었다.

기자와 방송국 직원들이 출출함을 느꼈다.

"일도 마쳤는데 밥이나 먹읍시다."

"그렇게 하세."

"저기 음식 가게가 좋아 보이네요. 제가 먼저 가서 보겠
습니다."

"그렇게 하게."

길가에 영어로 레스토랑이 쓰여 있었다.

청년 기자인 김은상이 먼저 주막 안으로 들어가서 분위
기를 살폈고 안에 인도인과 서양인들이 맛있게 음식을 먹
고 있는 것을 봤다.

음식의 수준은 생각보다 수준이 있는 것 같았다.

그런 생각을 했을 때 양복을 입은 인도인 지배인이 와서 물었다.

"몇 분이신지요?"

조선말로 묻자 김은상이 놀라서 되물었다.

"조선말이 가능합니까?"

그 말에 지배인이 미소를 지으면서 고개를 가로저었다.

"고려말은 기본적인 것밖에 못합니다. 죄송합니다. 하지만 영어로는 대화가 가능합니다."

영어로 답하자 김은상이 멋쩍게 웃었다.

"5명입니다. 자리 있습니까?"

"예약하신 분들께만 내어드리는데 룸이 하나 있습니다."

"부탁드립니다."

"네. 고객님."

지배인이 방으로 안내하려고 했고 김은상은 밖에 일행이 기다리고 있어서 데리고 오겠다고 말했다.

그리고 상사와 직원들에게 말해서 함께 방으로 들어와서 자리를 잡고 의자 위에 앉았다.

요리를 주문하고 반주로 먹을 포도주도 함께 주문했다.

그리고 기대를 안고 요리가 나오기를 기다렸다.

잠시 후 적절한 양념과 향신료가 가미된 야채 볶음과 고기 요리가 나왔다.

"와, 맛있겠다."

"이건 확실히 냄새가 덜한 걸? 그래서 맛있게 먹을 수 있겠어."

"그런데 수저는 대체 어디에 있는 거야?"

음식을 먹으려고 식탁 위를 보니 아무 것도 없었다.

그러자 김은상과 직원들이 요리를 내어온 종업원을 쳐다봤고 종업원은 잠깐 생각하다가 무엇을 빠트렸는지 알아차렸다.

잠시 후 지배인이 직접 수저들을 챙기고 와서 식탁 위에 놓았다.

"사실 이곳에서는 음식을 먹을 때 손으로 떠먹는 게 인도 방식입니다. 하지만 외국에서 오신 손님 분들에게는 이렇게 포크와 나이프를 놓아드리고 있습니다. 다만, 이번에는 저희가 깜빡했습니다. 관대하게 용서해주시기 바랍니다."

지배인이 차분하게 말하고 앞으로 몸을 기울였다.

그의 말에 김은상은 그저 수저가 없으면 달라고 말하면 된다고 미소 띤 얼굴로 잘못이 아니라고 말했다.

그리고 화기애애한 분위기 속에서 직원들과 함께 요리를 먹기 시작했다.

예상대로 인도인들을 위한 맛보다는 오히려 다른 나라 사람 입맛에 맞는 음식이었다.

요리와 포도주를 맛있게 먹고 자리에서 일어났다.

그리고 돈을 가진 직원이 결제하려고 하자 계산대 있던 직원이 손을 들어보였다.

그가 주방장에 있는 사장의 뜻을 전했다.

"오너 쉐프께서 돈을 받지 않겠다고 하십니다. 그러니 그냥 가셔도 됩니다."

돈을 안 받겠다는 이야기에 당황하면서 김은상이 물었다.

"저, 다른 손님들도 있는데 그렇게 하시면……."

"괜찮습니다."

"……."

"고려는 인도를 위해서 힘써준 나라입니다. 독립을 이루게 했고 이번에 고속철도와 고속도로 건설까지 도와준 나라입니다. 우리는 고려인에 대해서 깊은 고마움과 은혜를 느끼고 있습니다. 다른 손님들도 그것을 잘 알고 있습니다."

돈을 받지 않는 나름 합당한 이유를 들었다.

그 말을 듣고 김은상과 직원들이 서로의 얼굴을 보면서 환하게 미소 지었다.

지배인에게 감사의 뜻을 전했다.

"고맙습니다. 그리고 안의 오너 쉐프께도 말씀드려주십시오."

"예. 고객님. 감사합니다. 그리고 다음에도 다시 방문해주십시오."

"그렇게 하겠습니다."

웃으면서 가게에서 나왔다. 김은상과 직원들은 기분 좋은 한 끼였다고 서로에게 말했고 인도인들의 호감을 실감하게 됐다.

"공짜로 음식을 내어준다는 말이 사실이었어."

"여기 돈으로 절대 싼 요리들이 아니었는데도 다 공짜로 해주다니."

"뭔가 조선인이라는 사실이 자랑스러워. 여태 다른 나라 사람들이 좋아해주긴 했는데 이번만큼은 정말로 달라."

"저 사람들 때문에라도 우리는 행실을 더욱 조심히 해야 할 거야. 우리가 곧 조선의 얼굴이니까."

스스로를 돌아보고 외국에 나와 있는 조선인이라는 것을 알았다.

때문에 벌이는 행동 하나하나가 인도 사람들에게 큰 영향을 끼칠 수 있었다.

때문에 실수로든지 고의로든지 조선의 명예를 더럽히는 일이 있어선 안 된다고 생각했다.

다시 김은상이 마이크를 잡았다.

"아무래도 영상을 다시 촬영해야겠어."

"방금 전의 가게에 대해서 말입니까?"

"그랬다간 인도에 와서 공짜 밥을 먹으려는 사람들이 생기겠지. 인도 여인의 마음을 가지고 노는 난봉꾼 같은 놈들도 생길 거고 말이야. 그러니 주제 방향을 바꿔서 그렇게 해선 안 된다고 취재 영상을 찍는 것일세. 우리는 시청률을 높여서 광고로 먹고 사는 직업이지만 공익을 절대 포기해서는 안 되네. 어디 한번 촬영해 보세."

"예. 감독님."

상사의 이야기를 듣고 가슴 안에 큰 뜻을 새겨넣었다.

촬영기 앞에 김은상이 섰고 직원들이 다시 촬영을 벌였다.
마이크를 든 은상이 조선에 있는 만민들에게 전했다.

[지금 인도에선 조선에 대한 열풍이 불고 있습니다. 조선
이 인도 독립의 꿈을 이뤄줬다고 말하면서 경제 발전도 돕
고 있다고 말하고 있습니다. 때문에 우리와 같은 동양인
에 대해서 호의를 베풀고, 심지어 주막이나 식당에서는 계
산을 받지 않고 요리 대접까지 해주고 있습니다. 그래서일
까요? 우리는 인도에서 더욱 더 예의를 차리고 그들의 감
사에 더욱 고마워해야 합니다. 만약 그들의 마음을 우리가
당연하다고 생각하게 되면, 그땐 스스로 왕이라 생각하는
고객처럼, 인도인들에게 불청객이 될 겁니다. 절대 황제
폐하와 조선의 명예를 더럽히는 일을 일으켜선 안 됩니다.
이상으로 김은상 기자였습니다.]

9시 한성 새소식이었다. 영출기를 통해서 백성들이 은상
의 취재를 보았다.
이척도 장안당에서 그 내용을 보게 됐다.
조선인이라는 것을 자부하기보다 그 명예를 지키는 게
더 중요하다는 말에 통감했다.
동시에 인도의 분위기를 보고 이척이 만족했다.
"인도인들이 짐의 백성을 아껴준다고 하니 기분이 좋긴

하군."

"신의 마음도 그러합니다."

"그리고 대우를 받을 때 그만큼 잘해야 하는 것도 사실이다. 새소식에서 기자가 한 말이 공감된다. 그리고 짐의 백성들도 좋은 모습을 보여줄 것이라고 생각한다. 앞으로도 조선과 인도가 우의를 다질 수 있기를 원한다."

장성호가 이척을 만나서 함께 차를 마셨다. 그의 당부를 듣고 명심하겠다고 말했다.

두 사람은 터키와 페르시아, 인도를 통해 조선의 영향력을 세상에 전할 수 있다고 생각했다.

인도는 유럽으로 향하는 길 위에 있었고 여전히 아프리카로 향하는 항해길 위에 있었다.

해상이 평온한 가운데 수면 아래에서의 치열한 사투를 준비하고 있었다.

어느 날이었다.

김인석이 장성호의 집에서 만나 이야기를 나눴다.

"요즘 조용하군."

"어떤 것을 말입니까?"

"그야, 소련을 두고 하는 말이 아니겠나. 트로츠키의 성향상 여러 나라에서 혁명을 일으키려고 할 텐데 괜히 조용한 게 더욱 기분이 나쁘군. 지금은 의회 의장이라서 정보국의 첩보도 알 수 없고 궁금해서 물어보는 것이네."

"정보국에서도 들어온 첩보는 없습니다. 그야말로 잠잠

한 상태라서 더욱 경계를 서고 있습니다. 첩보가 들어온다면 알려드리겠습니다."

소련과 트로츠키를 가장 경계했다.

소련 제일주의인 스탈린과 달리 세계 공산화를 목표로 삼는 그가 무슨 일을 일으킬지 주시하고 있었다.

그렇게 동유럽에 관심을 두고 있을 때 정작 사건은 엉뚱한 곳에서 일어났다.

다음 날 장성호가 정부 청사에 나가 업무를 볼 때였다.

정보국장을 맡은 우종현이 굳은 표정을 하고 총리집무실로 들어왔다.

그의 모습에 장성호가 혹시나 하면서 물었다.

"트로츠키가 움직였나?"

종현이 대답했다.

"아닙니다."

"그러면."

"아프리카에서 유혈 사태가 일어났습니다. 콩고입니다. 식민들이 들고 일어났습니다."

검은 대륙에서 비극이 일어나기 시작했다.

사람들이 상상하는 그 어떤 지옥도 생지옥보다 더할 순 없었다.

탐욕으로 점철된 세상의 말로가 드러나고 있었다.

태양의 눈물

　조선의 의학 발전으로 한 사람의 운명이 바뀌었다.

　위대한 뿌리를 조선에 내리고 1916년에 생을 마쳤어야
할 이가 여전히 조선인을 위해서 힘쓰고 있었다.

　그의 이름은 '호러스 그랜트 언더우드'였다.

　미국으로 돌아가지 않고 여전히 조선에 머물고 있었다.
그렇게 이제 71세에 이르렀다.

　그동안 아픈 적도 있었지만 몸은 대체적으로 건강했다.

　하지만 이제는 노쇠한 몸이 병을 이길 수 없었다.

　제중원에 입원해 신약으로 병세를 완화시키고 있을 무
렵, 투병 중에 그가 입원한 병실로 제자들이 찾아왔다.

제자들이 언더우드의 몸 상태를 걱정했다.

"스승님."

"몸은 좀 어떠십니까?"

제자들의 물음에 언더우드가 애써 미소 지으면서 말했다.

"허리뼈가 골절되었다고 하더군."

"예? 혹시 저번에 넘어지셔서……."

"아무래도 그런 것 같네. 사람이 늙으면 뼈에 구멍이 생기면서 약해질 수 있다고 들었으니까. 당분간은 병원 신세를 질 것 같네. 그러니 자네들도 나처럼 늙으면 넘어지지 않도록 조심하게. 알겠는가?"

"예. 스승님."

"그건 날 위해서 가지고 온 것인가?"

"예."

"여기다 두게. 나중에 주니어가 오면 먹겠네."

"예. 스승님."

제자들이 과일 바구니를 가지고 오자 언더우드는 생각보다 밝은 모습으로 제자들을 대했다.

허리뼈가 골절되어서 일어날 수 없음에도 밝은 그의 표정을 보고 제자들도 굳은 표정을 지울 수 있었다.

모두가 그가 세웠던 구세학당에서 학문을 익힌 제자들이었다.

그리고 한 후원자를 통해서 시련의 시대를 넘긴 제자들이었다.

그들의 후원자는 영웅의 아버지였다.

"선교사님."

"안 진사님?"

"몸은 좀 어떻습니까? 넘어져서 허리를 다쳤다고 들었는데……."

한 노인이 지팡이를 짚으면서 언더우드의 병문안을 왔다.

놀란 언더우드가 하마터면 몸을 일으킬 뻔했고 그의 제자들은 병실로 들어온 노인에게 누군지 모르지만 일단 목례를 하면서 인사를 했다.

언더우드가 웃으면서 자신의 몸 상태를 알렸다.

"의원 말로는 골다공증이라고 합니다."

"골다공증?"

"연로하여 뼈에 구멍이 생기는 질환이라고 합니다. 평소엔 잘 모르다가 넘어져서 뼈가 부러지게 되면 아는 경우가 허다하다고 합니다. 그래서 허리뼈가 부러지는 바람에 이렇게 침상에 누워 있습니다. 그런데 진사님께선 어떻게 오셨습니까?"

"내가 온 것이 이상합니까?"

"그게 아니라, 연로하지 않으십니까. 오시는 게 힘드시지……."

"나와 선교사님의 사이인데 그런 것을 생각할 수 있겠습니까? 그 전에 지인에 대한 병문안과 조문만큼은 반드시 챙겨야 하는 것이라고 생각합니다. 그것은 기독교인이기 이전에 사람으로서 갖춰야 할 예의입니다. 걸을 수 있기에 와야 한다고 생각했습니다."

안 진사라 불리는 사람의 이야기를 듣고 언더우드가 미소를 지었다.

두 사람은 3살 차이밖에 안 나는 또래였고 연로하여 머리에 백발을 가득 채우고 있었다.

그런 진사를 제자들에게 언더우드가 소개했다.

"이분이 누구신지 아느냐?"

"잘 모릅니다."

"너희들이 어렸을 때, 구세학당과 교회에서 먹고 지낼 수 있도록 후원을 해주셨던 분이다. 안중근 장군님의 아버님이신 안태훈 진사님이다. 인사하고 꼭 기억하거라."

"아!"

진사의 정체를 듣고 제자들이 놀랐다.

제자들은 다시 안태훈에게 허리를 굽히면서 인사했다.

안태훈은 사람 대 사람으로서 목례하며 자신이 도운 아이들과 인사를 주고받았다.

그 아이들은 이미 성인이었다. 그리고 조선과 인류의 미래를 건설하는 일꾼이었다.

안태훈이 오면서 언더우드와 이야기가 이어졌다.

도중에 제자 중 한명이 할 말이 있는지 눈치를 살피는 모습을 보였고 그의 우물쭈물하는 모습을 언더우드가 알아보았다.

제자에게 언더우드가 물었다.

"은상아. 할 말이 있느냐?"

언더우드의 물음에 청년이 말했다.

"저, 이번에 아프리카로 갑니다. 선교사님."

"아프리카에? 또 외국에 가느냐?"

"예. 인도 취재가 잘되어서 이번에는 아프리카에 특파원으로 갑니다. 그래서 선교사님께 기도를 부탁드리려고 왔습니다."

제자의 이야기를 듣고 언더우드가 미소를 지었다.

"아프리카에 가면 생각지 못한 많은 일들을 겪게 되겠구나."

"아직 식민지인 곳이라서 많은 고발 거리가 있다고 생각합니다. 이리 오거라. 널 위해서 기도해 주마. 앞에 와서 잠시 앉거라."

"예. 선교사님."

스승이기도 했지만 목회자였다.

기도를 부탁하는 제자에게 앞에 앉으라고 말했다.

그리고 함께 온 제자들에게 같이 기도하자고 말했다.

머리에 손을 얹고 은상이라는 이름을 가진 제자를 위해서 함께 기도했다.

지팡이를 짚은 안태훈은 뒤의 의자에 앉아서 청년이 무사히 돌아올 수 있기를 기원했다.

그리고 기도가 끝나자 은상이 일어섰다. 언더우드가 은상에게 당부를 전했다.

"주님께서 함께 하신다. 그러니 어떤 불의한 일이 생기더라도 절대 굴하지 말고 담대한 마음으로 정의를 행하거라. 알겠느냐?"

"예, 선교사님. 감사합니다."

"가기 전에 손을 한번 잡아보자꾸나."

떠나는 제자의 손을 잡고 온기를 느꼈다.

그리고 자신이 조선에 왔을 때를 기억하고 혈기가 넘칠 때만 할 수 있는 일이 있다는 것을 되새겼다.

그리고 미소와 함께 제자를 보냈다.

"무사히 돌아 오거라."

"예. 선생님. 선생님께서도 쾌차하시길 바랍니다."

인생의 옳은 방향을 알려준 사람들을 만나고 거침없이 걸음을 옮기기 시작했다.

그런 은상의 뒷모습을 언더우드와 안태훈이 함께 지켜봤다.

두 사람은 자신들이 함께 양육한 청년들이 조선과 인류의 미래를 위해 크게 이바지할 것이라고 확신했다.

그저 무사히 돌아오기만을 기원했다.

이틀 뒤 은상은 김포 공항에서 뉴델리로 향하는 여객기에 몸을 실었다.

안창남항공사에서 제작한 태극에 탑승하자 넓은 실내와 정연하게 배치되어 있는 좌석들을 봤다.

그것을 본 외국인들이 탄성을 터트렸다.

"와!"

"이게 태극이야?"

"고려의 여객기는 정말로 대단하구나!"

"비둘기하고는 정말로 비교가 안 돼……."

본격적으로 조선의 항운사들이 천마와 태극으로 운항을 시작했다.

그리고 기존에 운항을 하던 비둘기는 인도나 말레이시아 같은 신생 독립국들에게 싼 가격으로 팔렸다.

여객기에 탑승한 외국인들의 반응을 보면서 은상은 미소를 지으며 방송국 직원들과 함께 좌석을 찾아서 앉았다.

마침 창가에 앉아서 밖을 제대로 볼 수 있었다.

승객들이 모두 탑승하자 남자와 여자 승무원이 함께 허리를 굽히면서 인사했다. 그리고 비행 시 안내사항에 대해 말했다.

"곧 여객기가 이륙합니다. 안전띠를 착용해 주십시오. 이렇게 착용해주시면 됩니다."

승무원의 설명과 도움을 받아서 좌석에 달린 안전띠를 착용하고 여객기가 이륙하기를 기다렸다.

잠시 후 공항 활주로 끝에 태극이 섰고 날개에 달린 추진기관에서 큰 소음이 일어나기 시작했다.

의자 뒤로 몸이 붙었고 태극의 속력이 빠르게 높아졌다.

이재 지상에서 바퀴를 떨어트리고 공중으로 떠올라 하늘 위를 날기 시작했다.

구름이 창문 밖 아래로 펼쳐졌다. 사람들의 입에서 계속 탄성이 일어났다.

"와. 구름 위를 날고 있어."

"정말 이렇게 날면서 9시간이면 도착하는 거야? 비둘기를 타면 적어도 며칠은 걸릴 텐데……."

"고려 때문에 신세계가 펼쳐졌어."

"와아."

"이야~"

배를 통해서 간다면 최소한 두달 가까이 걸릴 거리였다.

그런 거리가 비둘기를 통해서 일주일 이내로 좁혀졌고 다시 대형 여객기를 통해서 하루 이내로 좁혀졌다.

육상으로도 두달 이상 걸리는 거리가 고속철도를 통해서 일주일 이내로 좁혀졌다.

그 모든 것을 조선이 이뤄냈고 여객기에 탑승한 영국인과 프랑스인이 쉴 새 없이 이야기했다.

그들의 이야기를 듣다가 은상이 눈을 감고 잠을 자기 시작했다.

비둘기를 타고 몇 번 하늘을 비행해봤기에 대형 여객기에 대한 감상은 넓고 고급스러운 것 외에는 크게 차이를 얻지 못했다.

오히려 편안했기에 잠이 더욱 잘 왔다.

그리고 잠에서 깨자 뉴델리에 도착해서 직원들과 함께 내렸다.

한달 만에 다시 인도를 찾아왔다.

더운 공기가 숨이 턱 막히도록 만들었다.

"와. 덥다. 더워."

"30분 뒤에 아라비아로 향하는 인도 항운사의 여객기를 타야 하네. 빨리 움직이세."

"예. 감독님."

아프리카로 향하기 위해 여객기를 갈아타야 했다.

그 여객기는 그동안 익숙했던 비둘기였다.

편안하고 고급스러웠던 태극과 작별하는 것이 몹시 아쉬웠다.

30분 뒤 아라비아로 향하는 여객기에 몸을 실었고, 그곳에 가서 케냐와 콩고로 향하는 비둘기에 다시 몸을 실었다.

몇 번의 환승 끝에 은상과 직원들은 중부 아프리카에 도착했다.

그리고 촬영을 시작했다.

"다들 알고 있겠지만 이번 촬영과 취재의 주제는 서양 식민지가 어떤 세상인지, 이곳의 사람들은 어떻게 지내고 있는지 알리는 것이다. 주제에 맞춰서 촬영할 수 있도록."

"예. 감독님."

촬영기를 든 직원이 벨기에의 식민지인 콩고 킨샤사 거리 일대를 촬영하기 시작했다.

벨기에인으로 여겨지는 서양인들과 피부가 까만 콩고 원주민들의 모습을 찍었다.

그러던 중 원주민들의 신체가 상한 것을 발견했다.

직원들의 이맛살이 찌푸려졌다.

"주민들의 손목 한쪽이 없군."

"그래……."

"한두명이 아니야. 대체 무슨 일이 있었던 거지?"

은상과 직원들이 주민들을 보면서 이야기했다.

그러자 촬영과 취재를 주도해서 방송국에 제의한 감독이 그에 대해 알려주었다.

그는 콩고로 오기 전에 미리 지식을 쌓아둔 터였다.

"백국이 벌인 폭정의 결과일세."

"백국의 폭정이라고요?"

"그래. 우리 입장에선 독일에 함께 맞서 싸운 동맹국이지만, 우리가 일본과 전쟁을 치를 때만 하더라도 절대 동맹을 맺어서는 안 될 만큼 최악이었던 나라가 백국이야. 저렇게 잘린 손목은 강압적인 노동으로 할당량을 채우지 못했을 때 받는 형벌이었어. 한쪽 손목을 자르고 다시 할당량을 못 채우면 나머지 손목도 자르고 처형하는 식이었지. 그래서 욕도 많이 먹었지만."

"맙소사… 어떻게 그런 일이…….."

"지금이야 그때보다 사정이 많이 나아졌지만 식민에 대한 처우는 백국이 제일 나빠. 오죽하면 영길리와 불란서가 학을 떼면서 욕을 했겠어. 그래서 이곳에 와서 취재를 하는 거야. 식민지의 원주민들이 어떻게 사는지, 저들이 어떤 통치와 차별을 받고 있는지 많은 이들에게 알리는 거지. 그러니 우리는 그저 일하기 위해서 온 게 아냐. 문명인으로서 마땅히 해야 할 일을 하는 거야. 그러니 덥고 힘들더라도 참아야 해."

"예. 감독님."

손목이 없는 주민들의 이야기를 듣고 직원들이 굳은 표정으로 쳐다봤다.

그리고 은상과 직원들은 만약 조선이 식민 지배를 받게 되었다면 어떻게 되었을까 생각을 했다.

벨기에가 특히 악독한 정치를 벌이긴 했지만 조선도 그에 못지않은 폭정을 당했을 것이라고 생각했다.

그것을 피한 사실이 감사하기까지 했다.

은상이 마이크를 잡고 촬영기 앞에 섰고 그와 직원들의 모습을 멀리서 벨기에인들이 지켜봤다.

조선의 기자와 방송국 직원들이 콩고에 온 사실이 총독부에 전해졌다.

콩고 총독인 '오귀스트 틸켄'은 조선인들을 잔뜩 경계하고 있었다.

입국할 때 막고 싶었지만 그렇게 할 수 없었다.

"촬영을 벌이기 시작했다고?"

"예. 각하."

"원주민들의 손목이 없는 것에 대해서는 별 말이 없던가?"

"없었습니다. 하지만 옛날에 콩고에서 어떤 일이 있었는지 알 거라 생각합니다."

"가축만도 못한 원주민들 때문에 우리가 이런 눈치까지 봐야 하다니… 어찌되었건 조선인들이 와서 취재를 벌이니 각 청사에다가 조심하라는 지시를 전하게. 괜히 놈들에게 꼬투리 잡히는 일이 있어선 안 되니까."

"예."

"하고 많은 식민지 중에 하필이면 우리 식민지에 와서 촬영하다니. 쯧."

혀를 차면서 짜증을 냈다.

콩고에 온 조선인 기자들이 무엇을 취재하려는지 알고 있었다.

그리고 아프리카의 수많은 식민지 중에서 콩고에 온 이유가 따로 있을까 하면서 잔뜩 긴장했다.

거리에서 은상이 촬영을 마치고 마이크를 내렸다. 그리고 주위를 돌아봤다.

길을 지나는 원주민들이 힐끔힐끔 쳐다봤다.

은상과 직원들을 보면서 걷다가 곁을 지나가는 백인과 부딪힐 뻔하면서 소스라치게 놀랐다.

그 모습을 보고 직원들이 생각했다.

"방금 완전히 겁에 질렸던 것 같은데."

"질릴 만하지. 옛날에 그런 일을 겪었으니까. 내가 여기 원주민들 입장이었다면 충격에서 쉽게 헤어날 수 없었을 거야."

원주민들의 반응이 이해가 됐다.

그리고 그들의 사정이 안타까웠다.

눈앞에서 폭력이 일어나는 것은 없었지만 그런 과거가 있었다는 것 자체가 화가 나는 일이었다.

그러면서 근처에 병원과 학교가 있다는 것을 알았다.

"그래도 나름 병원과 학교가 있네요."

"구색 맞추기 용이야."

"영길리와 불란서의 항의 때문인가요?"

"굳이 말하자면 그런 셈이지. 폭정을 지시한 이도 백국의 전임 국왕인데, 다른 나라도 곱게 보지 않았으니까. 지금은 그 국왕이 죽고 왕실에서 정부로 통치권이 넘어가줘서 이 정도인 거야. 그 전에는 학교는 고사하고 병원조차 없었어. 전임 국왕인 레오폴 2세는 그야말로 미친 국왕이야."

조선말로 대놓고 벨기에의 전임 국왕을 욕했다.

그 말을 해서 알아들을 사람도 없었었기에 마땅히 욕을 해야 된다고 생각했다.

그렇게 벨기에 왕실의 지난 과오를 혐오했다.

그리고 더욱 안타까운 시선으로 원주민들을 봤다.

그때 학교 종소리가 들리면서 아이들이 나오기 시작했다.

아이들은 그저 해맑은 표정을 짓고 있었다.

"불행 중 다행이로군."

"그러게 말입니다."

촬영기를 든 직원이 감독에게 말했다.

"찍겠습니다. 감독님."

"그래."

아이들을 촬영기로 찍기 시작했다.

하교하는 아이들은 맨발로 길을 걷고 있었다.

벨기에인들이 지날 때만 조심할 뿐 자기들끼리 있을 땐

옆의 친구와 이야기하면서 주위를 신경 쓰지 않았다.

그러다가 한 아이가 은상과 부딪쳤다.

아이는 은상을 보고 움찔했다.

그런 아이의 머리를 은상이 쓰다듬어줬다.

"괜찮아. 하지만 조심하렴. 길을 걸을 땐 제대로 보고 걸어야 하는 거야."

영어로 말했지만 그 말을 알아들을 수 있는지 의문이었다.

당연히 아이는 은상이 하는 말을 알아듣지 못했다.

하지만 표정과 기색을 보고 무슨 이야기를 하는지 알아차렸다.

절대 적의로 말하는 것이 아니라는 것을 알았다.

앞에서 머뭇거리다가 친구들이 부름에 달려갔다.

그 모습을 보고 은상이 미소를 지었다.

"적어도 저 아이들은 그런 비극을 당하지 않아서 다행입니다."

"동감일세. 그리고 앞으로도 그래야겠지. 앞으로도 아프리카 식민지는 변해야 하네."

"예. 감독님."

사람이 사람답게 살기를 원했다.

콩고의 변화가 레오폴 2세의 죽음으로 인해서 일어나 끝난 것이 아니라 계속해서 변하고 아프리카 전체가 변할 수 있기를 희망했다.

최종적으로 당당히 독립해서 인류사에 역사를 써나갈 수

있기를 소망했다.

아이의 머리를 쓰다듬은 은상을 멀리서 원주민들이 지켜봤다.

그들 중 몇 명은 왼손이 없는 폭정의 희생자들이었다.

은상과 직원들을 보면서 이야기했다.

"동양의 기자들이라 하더군."

"동양 기자라면 고려 기자인가?"

"아마도 그렇겠지. 그러니 아이들을 그렇게 대하는 게지."

"고려라니. 우릴 통치하는 나라가 고려였다면 얼마나 좋았을까? 그랬다면 이 손목도 멀쩡했을 텐데 말이야."

"고려라면 오히려 독립시켜줘서 인도처럼 도와줬을걸?"

"생각해보니 그렇군."

"알기로 고려는 각 민족이 해당 민족의 땅을 다스려야 한다고 세상에 알리고 있어. 그래서 유럽 제국의 식민 통치를 반대하는 것이고. 또한 그래서 인도가 고려에 의해서 독립했어."

"말인 즉, 고려 기자가 우릴 알게 되면 우리 편에 설 것이라는 이야기군."

"그래. 난 신께서 우릴 위해 고려 기자들을 보내줬다고 생각해. 우리에겐 정말 절호의 기회야."

눈에 강한 의지가 새겨져 있는 원주민이었다.

그에게 함께 있던 친구들이 물었다.

"언제 시위를 벌이는 거야?"

"이틀 뒤야. 그때 우리의 목소리를 내기로 했어."

"만약 저 기자들이 계속 남아 있다면 우릴 취재해서 온 세상에 알리겠군."

"고려라면 아마 우리 편이 되어 줄 것이네. 각 민족에겐 자결권이 있다고 말하는 나라이니까. 그래서 영국의 식민지를 받아서 독립시켰어."

"그 나라를 우리 편으로 만들어야 해."

세상에서 가장 강한 나라였다. 때문에 그 나라의 민심을 끌어당긴다면 콩고의 독립을 이룰 수 있을 것이라고 생각했다.

인도를 보면서 원주민들이 원대한 꿈을 꿨다.

그들의 꿈을 이루기 위해서 행동을 벌였다.

이틀 뒤였다.

"콩고 인민들이여! 이제는 침묵하지 말 지어다! 우리는 우리의 자유를 누릴 것이며! 우리 땅에서 후손들의 대계를 이어나갈 것이다! 콩고 독립 만세!"

"만세!"

"다 같이 노래를 부릅시다!"

"와아아아아~!"

함성이 터져 나왔다. 그리고 광장에 모인 군중이 노래를 부르기 시작했다.

그들이 부르는 노래는 식민 통치에 대한 분노와 용서, 자유를 위한 노래였다.

"고개를 들고 저 태양을 보라! 찬란한 내일이 우리를 비춘다! 우리는 자유를 안고 영광의 내일을 향해……!"

수천 수만 군중이었다. 그들의 피부는 온통 검은색이었고 성인 중 절반은 한쪽 팔의 손목이 존재하지 않았다.

콩고 원주민들이 시위를 일으켰다.

그 모습을 촬영에 나선 조선인 직원들과 은상이 보게 됐다. 은상이 감독을 불렀다.

"감독님!"

"취재하게!"

"예!"

조선으로 보낼 좋은 취재거리였다.

은상이 시위대의 곁으로 다가가자 시위대의 함성과 노래는 더욱 커졌다.

큰 목소리로 은상이 사람을 찾았다.

"영어! 영어로 말씀하실 수 있는 분이 계십니까?!"

5분 동안을 그렇게 외쳤다.

그리고 목이 갈라지려고 할 때 한 원주민이 와서 영어가 가능하다고 말했다.

그는 킨샤사 학교에서 영어를 배운 듯했다.

"조금 가능합니다."

"저는 고려에서 온 한성방송국 기자 김은상입니다. 이번에 콩고를 취재하기 위해서 왔다가 이렇게 시위가 일어난 것을 보게 되었는데 무슨 이유로 시위가 일어난 겁니까?"

은상이 하는 말을 전부 알아들을 수 없었다.

하지만 무엇을 말하고 있는지는 충분히 알 수 있었다.

취재에 응한 원주민이 대답했다.

"자유, 독립, 콩고의 독립을 위해서입니다."

"그 말은 콩고 원주민들이 독립을 원한다는 이야기입니까?"

"그렇습니다. 벨기에의 통치를 거부하고 우리의 자결을 원합니다."

이야기를 듣고 은상이 원주민에게 격려의 말을 전했다.

"그렇게 될 수 있기를 빌겠습니다. 이만한 의지가 있으면 충분히 그럴 수 있을 것이라고 생각합니다. 취재에 응해주셔서 감사합니다."

"감사합니다."

은상의 물음에 대답한 원주민이 다시 시위대를 따라서 움직였다.

시위대를 보면서 방송국 직원들은 많은 생각에 잠겼다.

"다른 아프리카 식민지들도 여기 원주민들과 같은 생각이겠지?"

"그렇지 않을까? 먹고 살 수만 있다고 해서 그것만으로 사는 게 아니니까."

"어쩌면 우리는 혁명의 복판에 있는 것일 수도 있겠어."

심상치 않은 분위기가 흘렀다.

그리고 시간이 지날수록 더 많은 사람들이 시위대에 합류하는 게 보였다.

콩고 하늘이 군중의 함성에 크게 흔들렸고 총독부 건물에 있던 틸켄도 함성 소리를 들었다.

그가 밖을 다녀온 비서에게 물었다.

"무슨 일인가? 밖에서 일어나는 함성의 정체가 무엇인가?"

"워… 원주민들이 시위를 일으켰습니다!"

"뭐라고?"

"자유와 독립을 원한다면서 지금 광장에 모여서 소리를……."

"식민군 사령관은 지금 어쩌고 있는가?"

"내란으로 보고 병력을 투입시켰습니다! 곧 진압작전이 벌어질 겁니다!"

비서의 이야기를 듣고 틸켄의 얼굴이 납빛이 됐다. 그가 당황하면서 소리쳤다.

"지금 고려 기자들이 와 있는데 병력을 투입시키면 어쩌자는 것인가?! 당장 진압 명령을 거둬들이라고 전하게!"

"예! 각하!"

"절대 시위대를 진압해선 안 되네……!"

평소 같았다면 식민군 사령관에게 진압을 맡길 수도 있었다.

그러나 킨샤사에 조선인 기자들이 있었고 그들에 의해서 식민들에 대한 진압이 알려질까 두려워했다.

식민지 독립을 지향하는 조선에 꼬투리가 잡힐까 경계했다.

다급한 틸켄의 지시를 안고 비서가 식민군 사령부로 향했다.

명령이 오가는 사이에 이미 시위대 앞엔 소총으로 무장한 병력이 집결했다.

그들의 피부는 콩고 원주민들과 같은 색이었다.

"르완다 용병이야……."

"브룬디 용병들도 있어."

"우릴 진압하려고 개자식 놈들을 부르다니……."

병력들을 보고 원주민들이 이를 갈았다.

그리고 그들이 무력으로 진압할까 두려워했다.

시위대 안에 시위를 주동한 자들이 있었고 그들은 원주민들의 두려움을 진정시켰다.

"아까 전에 보았던 동양인들은 고려인입니다! 그것도 기자라고 하니까 만약 저놈들이 총을 쏘면 고려에서 가만히 있지 않을 겁니다! 그러니 더욱 우리의 목소리를 내십시오! 우리가 자유와 독립을 원하고 있다는 것을 세상에 널리 알리는 겁니다! 더욱 크게 외치십시오!"

"콩고 독립 만세!"

"와아아아아아~!"

남녀노소를 가리지 않았다.

검은 머리카락이 백발이 되어 있는 노인부터 어린아이들까지 팔을 들면서 크게 외쳤다.

그 모습을 직원들이 촬영기를 어깨 위에 얹고 촬영하고 있었다.

은상이 시위대를 보다가 한 아이에게 시선이 향했다.

"저 아이는……."

길에서 부딪쳤던 아이였다.

이틀 전에 그 아이의 머리를 은상이 쓰다듬은 바 있었다.

직원이 사진기를 들자 은상이 그 아이를 가리켰다.

"저 아이 보이지?"

"보이네."

"최대한 확대해서 저 아이를 찍게. 저 아이의 사진을 조선에 보내야 하네."

역사에 길이 남을 장면이라는 것을 알았다.

콩고의 독립을 위해 아이가 소리치는 모습이 인상적이었다.

어쩌면 100년 후에도 회자가 될 것 같은 모습으로 느껴졌다.

그렇게 시위대를 촬영기와 사진으로 찍고 있었다.

그때 시위 진압을 위해 투입된 용병대에게 명령이 떨어졌다.

용병대 대대장이 중대장들에게 지시했다.

"주민들의 폭동을 진압하라는 사령관님의 명령이다. 지금 즉시 진압 작전을 벌인다."

"예. 대대장님."

"대대! 화기를 장전한다! 앞에 총!"

대대장이 목청을 높이며 명령을 내렸다.

그의 명을 따라 용병들이 어깨에 메고 있던 소총을 앞에 쥐고 총탄을 장전하기 시작했다.

　독립과 자유를 외치던 시위대가 술렁였다.

　"뭐야? 지금 장전하고 있는 거 맞지?"

　"설마 우릴 상대로 총을 쏘겠다는 건가…? 고려에서 온 기자들이 있는데……?"

　"괜히 겁주려고 하는 거야. 쫄지 마! 크게 외쳐! 더 크게 외쳐서 놈들이 겁먹게 만드는 거야!"

　"벨기에 정부는 콩고에서 물러가라!"

　"와아아아아~!"

　반신반의했다. 그리고 긴장하면서 두려워했다.

　그러나 한번 일어난 외침이 잦아들지 않았다.

　목숨을 앗아갈 총구 앞에서도 콩고 원주민들은 독립과 자유를 부르짖으면서 그들의 할 말을 쏟아내고 있었다.

　소총을 조준한 용병대는 자신들의 봉급을 위해서 방아쇠를 당겼다.

　"사격 개시!"

　탕! 타타탕! 타탕!

　"크악!"

　"꺄아악!"

　총성이 일면서 비명소리가 발생했다.

　용병들의 무력 진압에 자유를 부르짖던 주민들이 쓰러지기 시작했다.

　땅에 탄피가 떨어질 때마다 흉탄을 맞은 주민들과 머리에 총을 맞은 주민들이 쓰러졌다.

다리에 총을 맞은 주민들은 땅을 기면서도 도망가라고 소리를 질렀다.

그들의 비명과 좌절을 은상과 직원들이 지켜보고 있었다.

"뭐야 지금……."

"용병들이 총을 쐈어!"

"개자식들!"

여인들이 있었고 아이들이 있었다. 하지만 그들에게 날아드는 총탄은 절대 자비를 허락하지 않았다.

심지어 임산부에게도 총알이 날아들었다.

"여기도 위험하네! 저기로 피하세!"

"예! 감독님!"

은상의 상사가 다급히 외쳤다.

직원들의 안전부터 확보하기 위해 건물 사이의 골목으로 몸을 피신시켰다.

그리고 거기서 계속 촬영했다.

"계속 찍어!"

"예!"

총성이 계속해서 일어나고 도망치는 사람들이 거리에서 계속 쓰러졌다.

은상이 모서리에 붙어서 밖의 상황을 계속 살폈다.

그러다가 하교 때 만났던 아이가 눈에 들어왔다.

그 아이에게 소리치면서 골목 밖으로 나갔다.

"여기야! 여기로 와!"

은상의 외침에 아이가 알아보고 달려왔다.

그때 총성이 일어나면서 아이가 쓰러졌다.

쓰러진 아이를 보고 은상이 소리 질렀다.

"이런, 빌어먹을! 아아……!"

"김은상! 빨리 들어와!"

"어떻게 이런 일이……!"

상사가 김은상을 챙겼다. 은상은 급히 아이의 팔을 잡고 골목 안으로 끌고 들어왔다.

아이는 피거품을 물고 있었고 오른쪽 상복부에서 피를 계속 흘리고 있었다.

눈동자에서 힘이 풀리고 있었다.

"죽지 마! 제발! 제발……!"

은상의 간절함에도 아이는 결국 숨을 거두었다.

머리가 힘없이 뒤로 젖혀졌다. 그리고 두 팔이 늘어지면서 땅으로 떨어졌다.

아이를 안고 은상이 눈물을 흘렸다.

"크흐흑…! 이 아이가 무슨 죄가 있다고……!"

"…… ."

"망할 자식들……!"

욕설을 뱉으며 슬퍼하는 그를 직원들이 지켜봤다.

그리고 그들은 눈앞에서 일어나는 일이 현실인지 의심하고 있었다.

멍한 모습으로 은상의 절규를 지켜보고 있었다.

그리고 그들을 이끄는 상사가 이성의 끈을 잡고 즉시 지시를 내렸다.

"촬영은?"

"예?"

"계속 촬영해! 저 아이의 죽음마저도 말이야!"

"예! 감독님!"

가슴 속에서 참을 수 없는 분노가 일어났다.

총성이 계속 울려 퍼졌고 사람들의 비명소리와 신음소리가 끊이질 않았다.

그런 모든 광경이 자신기와 촬영기를 통해서 기록됐다.

충분한 촬영을 이루고 은상의 상사가 지시했다.

"피하세. 그리고 기록물을 잘 숨겨야 하네."

"예. 감독님."

총검을 착검한 용병이 뛰기 시작했다.

원주민들의 시위와 그것을 진압한 용병대의 모습을 촬영한 기자들이 건물 사이에서 자취를 감췄다.

그리고 진압을 지시한 대대장에게 뒤늦게 총독의 명령이 전해졌다.

명령을 듣고 대대장이 황당함을 느꼈다.

"진압하지 말라 명령을 내렸다고?"

"예. 대대장님……."

"어째서?"

"고려 기자들이 와 있다고 합니다. 그래서 절대 진압하셔서는 안 된다고……."

"맙소사……."

"진압하시면 고려 기자들이 촬영할 거라고 말씀하셨습니다……."

뒤늦은 명령이었다. 지휘관은 떨리는 눈동자로 시신들이 즐비한 광장 거리를 봤다.

그가 다급히 명령을 내렸다.

"사격 중지! 진압 중지! 어서 명령을 내려!"

갑작스런 명령에 용병들이 이상한 분위기를 감지했다.

그러나 이미 총성은 울려 퍼졌고 총독부에 있던 틸켄은 황급함을 느꼈다.

그가 식민군의 보고를 기다렸다. 그리고 전령을 통해서 보고가 전해졌다.

비서에게 틸켄이 물었다.

"어… 어찌되었나?"

굳은 표정으로 비서가 대답했다.

"진압이 이뤄졌습니다……."

"……."

"사상자가 못해도 100명 이상이라고……."

"빌어먹을!"

"죄송합니다. 총독 각하……."

분통을 터트리면서 틸켄이 책상 위의 집기를 손으로 내쳤다.

"고려 기자들이 와 있는데 시위대를 총으로 진압하면 어쩌란 말인가?! 이제 놈들이 그것을 구실 삼아서 날 심판하려고 할 것이네! 어떻게 이런 일이……!"

조선이 절대 가만히 있지 않을 것이라고 생각했다.

조선의 압박으로 본국에서 조치가 내려질 수 있다고 생각했다.

물론 그것은 최악을 가정하는 것이다.

그런 최악만큼은 반드시 피하고 싶었다.

그 전에 자신이 할 수 있는 것이 있었다.

"기자들은 지금… 어디에 있나……?"

"행방을 찾아보겠습니다."

"그놈들을 반드시 찾아야 해… 절대 놈들의 필름이 고려로 넘어가서는 안 돼! 당장 식민군 사령관에게 명령을 내리게."

"예! 각하!"

밖으로 이야기가 새어나가지 못하도록 막으려고 했다.

특히 증거가 될 수 있는 사진이나 영상 기록물을 확실하게 차단하려고 했다.

틸켄의 지시는 이내 식민군 사령관에게 전해졌고 식민군 사령관은 명령이 내려진 의도를 알게 되면서 반드시 증거를 수집해 인멸하고자 했다.

조선인 기자들이 묵는 숙소로 장병들을 보냈다.

그리고 숙소에 돌아와 있는 은상과 직원들을 억류했다. 그들이 가지고 온 행낭을 뒤졌다.

"필름을 찾아. 어서."

"찾았습니다. 중대장님."

"좋아. 다행이군. 그 필름을 여기 배낭 안에 담아."

"예. 중대장님."

붙들린 직원들이 식민군 장병들을 노려봤다.

그리고 한번 더 소지품을 확인하고 투숙실 곳곳을 수색했다.

침상 아래를 뒤지고 카펫 아래를 들추면서 숨긴 것은 없는지 확인했다.

그리고 가구와 벽 사이를 살피다가 숨겨져 있던 자기선을 발견했다.

용병이 상관에게 보고했다.

"자기선입니다. 이걸로 모두 찾은 것 같습니다."

"다행이군."

기록물을 압수한 용병대장이 안도의 한숨을 쉬었다.

그를 보면서 은상이 이를 갈면서 경고했다.

"오늘의 만행은 반드시 세상에 알려지게 될 거요. 절대 이를 두고 가만히 있지 않을 거요."

총독부의 역관이 용병대와 함께 하고 있었다. 그가 통역해주자 흑인 대대장이 말했다.

"세상이 알 일도 없고 알 필요도 없소. 이 일은 오직 벨기에의 일일 뿐이오."

"무고한 사람들이 희생되었소! 그런 참사를 어찌 감히 백국의 일이라고만!"

"무고한 사람들이 아니라 폭동을 일으킨 죄인들이오."

"뭐요?!"

"벨기에 법으로 합당하게 폭동을 일으킨 시위대를 진압

230

한 거요. 그러니 과민반응하지 마시오."

용병대장의 말에 은상뿐만이 아니라 모든 직원들이 기막혀했다.

그치지 않고 은상이 용병대장에게 말했다.

"그렇게 당당하다면 우리 기록물을 어째서 압수하는 거요? 그리고 동족을 죽이고도 한 치의 죄책감도 못 느끼는 것이오?"

용병대장이 대답했다.

"당당하다 아니다를 떠나서 선동당할 수 있는 것이기에 미연에 방지하는 것이오. 그리고 죄책감 따위는 없소. 어차피 동족이 아니니까."

"뭐……."

"우리는 콩고 총독부의 돈을 받고 일하는 노동자일 뿐이오."

"……."

동족이 아니라는 말에 은상의 말문이 막혔다.

증거물을 모두 거둔 장병들이 나가려고 했다.

억류에서 풀린 은상과 직원들에게 용병대장이 말했다.

"당분간 이곳에 있도록 하시오. 그리고 앞으로 어떤 불상사가 일어날지 모르는데, 괜히 돌아다니다가 불행한 일을 겪지 말길 원하오."

마지막 경고를 전하고 그 또한 빠져나갔다.

투숙실에 있던 직원들은 한숨을 쉬면서 소파 위에 털썩 앉았다.

용병들이 호텔에서 완전히 떠날 때까지 아무 말도 하지 않았다.

그리고 밖에서 완전히 멀어지자 겨우 입을 뗄 수 있었다.

"속은 것 같군."

직원들이 조용한 말로 상사에게 말했다.

"가재 뒤에 자기선을 숨긴 것이 주효했습니다."

"만약 우리가 숨기려 한 것을 보여주지 않았다면, 속옷까지 샅샅이 뒤졌을 겁니다."

"김기자의 재치 덕분입니다."

은상의 재치로 벌인 일이었다. 덕분에 그들이 촬영한 사진과 영상은 무사히 지켜질 수 있었다.

감독이 직원들에게 지시했다.

"로비에 맡겨둔 것을 가지고 빨리 떠나세. 이곳의 실상을 세상에 알리는 것일세. 더 이상 이런 비극이 있어선 절대 안 되네."

"예. 감독님."

투숙실에서 나와서 로비에 맡겨뒀던 필름과 자기선들을 되찾았다.

로비 직원은 조선인들이 준 막대한 원화로 입을 꾹 닿았다.

물건을 받은 은상과 직원들은 빠르게 콩고에서 벗어나 케냐와 인도를 거쳐서 조선으로 돌아왔다.

시간이 흐른 뒤 어느 날이었다.

한성방송국에서 특별보도가 이뤄질 것이라는 사실이 조선 만민에게 예고되었다.

신문을 든 늙은 선비들이 이야기했다.

"오늘 밤에 9시 한성에서 특별보도가 이뤄질 거라고 하는데?"

"특별 보도? 무슨 내용을 말인가?"

"상세한 내용은 쓰여 있지 않네. 그저 예고만 쓰여 있는데 아마도 범상치 않은 내용의 보도겠지. 아무래도 자네 집에서 봐야겠네."

"오세. 함께 보세. 오랜만에 우리 집에서 이야기나 하세."

"그러세."

선비 옷을 입고 있었지만 그들 또한 사람이었고 문명의 혜택을 누리고 있었다.

도회지 밖에서는 아직 건설이 덜 된 상황이라 초가집이 있는 경우도 있었다.

그런 집에도 전선이 연결되고 전등이 방안을 밝히고 있었다.

부유한 기와집에는 영출기도 있어서 마을 사람들이 모여서 시청하기도 했다.

특별 보도가 예고된 9시 한성을 시청하기 시작했다.

남녀노소를 가리지 않고 큰방에 모여서 시청하는 가운데, 영출기에서 총소리가 끊임없이 울려 퍼졌다.

그것을 보고 두 집안의 사람들이 충격에 빠졌다.

"어떻게 이런 일이……."

"지금 저게 서양 식민지에서 일어나는 일이야……?"

"죽일 놈들…! 아이들에게 총을 쏘다니!"

"눈으로 보고 있는 게 믿어지지가 않아……."

영출기에서 김은상이 나와 진행자와 질의응답을 주고받았다.

[그렇다면 지금 백국의 식민지에서 학살이 일어난 겁니까?]

[제 기준으로는 그렇습니다. 백국의 기준에서는 모르겠지만 적어도 우리 조선의 기준에서는 명확합니다. 세상에 어떻게 자유와 독립을 요구하는 비폭력 시위대를 향해서 그렇게 총격을 가할 수 있단 말입니까? 제가 본 것은 생지옥이었습니다.]

진행자가 고개를 끄덕이면서 공감했다.

콩고 식민지에 대해서 이야기 하다가 원주민들의 손목이 잘려나간 것에 대해서 이야기했다.

과거의 일이었지만 그리 멀지 않은 과거였다.

그리고 그것에 대한 이야기를 하면서 콩고에서 죽어나간

식민지인이 얼마나 되는지 알게 됐다.

전문가의 이야기를 듣고 진행자가 크게 분노하면서 물었다.

[정말로 천만명입니까?]

[예. 맞습니다.]

[그게… 정녕 가능한 일입니까?]

[가능여부를 떠나서 실제로 벌어진 일입니다. 콩고 원주민들은 상아를 제대로 확보하지 못하면 손목이 잘려나가면서 끝내 죽임을 당했습니다. 그 모든 것을 백국의 전임국왕인 레오폴 2세가 지시했습니다. 그가 콩고 원주민들을 죽였습니다.]

대답을 듣고 진행자가 감정을 드러내면서 이야기했다.

[백국이 그 뒤로 변했다고 하는데 뭐가 변한 건지 모르겠습니다. 천만명을 죽이든 천명을 죽이든, 무고한 사람을 죽인 것은 마찬가지입니다. 그들은 명백하게 인류 범죄를 저질렀습니다.]

시청하던 조선 백성들이 들고 일어났다.

"미친놈들!"

"세상에 이런 미친놈들이 또 어디에 있어?!"

"어디 백국 놈들이 보이기만 해봐! 내 손에 반드시 뒤지게 될 거야!"

"쳐죽일 놈들!"

새소식을 보고 크게 분노했다.

다음 날 가판대의 신문이 동이 났고 새소식을 시청하지 못했던 사람들은 신문을 통해서 콩고에서 일어난 일과 벨기에 국왕이 벌였던 만행을 알게 됐다.

회현에 위치한 벨기에 공사관 앞으로 사람들이 모였다.

앞에 경찰들이 지키는 가운데 분노한 백성들이 공사관 담 너머로 돌을 던졌다.

썩은 계란을 비롯한 오물도 투척했다.

"너희들이 그러고도 사람이냐?!"

"조선에서 나가라! 너희 같은 놈들하고는 단교다!"

"한때 동맹으로 함께 싸웠다는 것이 치욕이다!"

제구력이 좋지 않아 오물을 맞은 경찰이 비명을 질렀다.

"우왁! 이거 뭐야?!"

"뭐긴 똥이지."

"세상에 왜 이걸 어째서 나한테 던져?!"

"던지고 싶어서 던졌겠어? 어쩌다 보니 잘못 던져서 네가 맞은 거지. 그리고 말하지 마. 입에 똥 들어가니까. 입에 똥 들어가면 똥내 나."

"우웩!"

공사관을 지키는 경찰들이 괴로워했다.

그리고 건너편 건물에 오른 백성들이 공사관 집무실에서 잘 보이는 위치에 현수막을 걸었다.

그것을 벨기에 공사가 보고 제1 서기에게 물었다.

"뭐라고 쓰여 있는 거지?"

신임 공사에 비해 오래 일해 왔던 서기가 대답했다.

"동맹은 치욕, 인류의 치욕이라고 합니다… 짐승만도 못한 벨기에라고 쓰여 있습니다."

"고려의 모든 백성들의 분위기가 이러한가?"

"아무래도 그런 것 같습니다."

"……."

심각한 표정으로 공사가 창밖을 쳐다봤다.

그리고 잘못하면 자신의 조국이 궁지에 몰릴 수 있다는 생각을 했다.

식민지 총독의 대처에 대해서 화가 날 수밖에 없었다.

"어쩌자고 식민지인을 그렇게 죽일 수 있단 말인가? 그것도 고려 기자들이 보는 앞에서 말일세."

"콩고 총독이 멍청한 짓을 저질렀습니다."

"나라면 절대 그런 일이 일어나도록 만들지 않았을 거야. 덕분에 식민의 손목을 잘랐던 지난 일까지 모두 알려지지 않았나. 틸켄 그자 때문에 우리 왕실까지 욕을 먹게 생겼어. 우리는 지금 외교사 이래 최악의 위기를 맞이하고 있네."

세계 최고의 강국이 벨기에를 향해서 분노의 화살을 조준하고 있었다.

벨기에 공사가 두려워하면서 서기에게 말했다.

"당장 본국에 알리도록 하게."

"예. 공사."

조선의 분노는 곧 중국과 유구국과 같은 동양 각국의 분노로 이어질 수밖에 없었다.

그리고 무엇보다 조선 백성들의 분노가 정부에 전해지면 어떠한 조치가 나올 수밖에 없었다.

그 조치는 벨기에를 압박하는 일이 될 것이라고 확신했다.

유럽 열강에도 콩고에서 있었던 일과 조선 백성들의 분노가 전해졌다.

때문에 크게 긴장했다.

자신들의 나라에 어떠한 영향이 미칠지 미리 수를 계산하기 시작했다.

소식을 들은 조지 5세가 맥도널드를 불렀고 그로부터 상세한 이야기를 들었다.

"고려인들이 오물을 던진단 말인가?"

"예. 폐하."

"고려 전체의 분위기가 그러하다면 정부나 황실에서도 가만히 있지 않겠군."

"아마도 분명한 조치는 이뤄질 것이라고 봅니다."

맥도널드로부터 대답을 듣고 조지 5세가 영국에 가해질 영향을 경계했다.

"만약 우리에게 있어서 최악의 영향이 전해진다면 어떤 영향을 생각하는가?"

왕의 질문에 맥도널드가 무겁게 대답했다.

"아마도 유럽 각국이 보유한 식민지 전체에 대해서 지적할 수 있습니다."

"그것은 내정간섭이 아닌가."

"내정간섭이지만 이미 명분은 주어졌습니다. 벨기에 때문에 유럽 제국이 보유한 식민지 문제에 고려가 개입할 수 있습니다. 아마도 본보기로 벨기에에 대한 중대조치를 단행할 겁니다. 그것이 어떤 조치인지는 경우의 수가 많아서 말씀드릴 수 없을 것 같습니다. 하지만 고려 국민들이 크게 분노한 만큼 반드시 있을 겁니다."

"이미 고려에게 우리 식민지를 많이 빼앗겼어. 다시 빼앗기는 일이 벌어져서는 안 될 것이네."

"최선을 다해보겠습니다."

"……."

지킬 수 있다는 말을 하지 않았다.

그렇게 말하는 것은 곧 거짓말이나 마찬가지였고 조지 5세도 그 사실을 알고 있었다.

그저 조선 백성들의 분노가 빨리 가라앉기를 원했다.

한편 벨기에 정부에도 동양 각국의 비난과 항의들이 전해졌다.

벨기에의 총리인 '앙리 야스파'가 다급한 발걸음으로 왕궁으로 향했다.

그리고 국왕인 '알베르'를 만났다.

알베르는 전임 국왕인 '레오폴 2세'의 조카였다.

덥수룩한 수염과 미간의 주름으로 권위적으로 보였던 레오폴 2세와 다르게 신사적인 외모를 하고 있었다.

그런 알베르에게 야스파가 동양의 분위기를 전했다.

조선 백성들이 크게 분노했다는 사실에 인상을 굳혔다.

"우리 공사관을 상대로 돌을 던지고 오물을 투척하고 있단 말인가⋯⋯?"

"예. 폐하."

"대체 고려 정부는 뭘 하고 있단 말인가? 국민들이 그런 미개한 모습을 보이고 있는데 말이야⋯⋯."

"경찰을 통해서 막고 있다 합니다. 하지만 군중이 너무나도 몰려서 역부족이라고 합니다. 그리고 중국과 유구국을 비롯한 동양 각국이 비난 성명을 발표했습니다."

보고를 듣고 알베르가 인상을 구겼다.

주먹을 불끈 쥐고서 분기를 뿜어냈다.

하지만 할 수 있는 것이 없었다.

그저 콩고에서 일어난 불상사로 인해 일어난 동양의 분노가 가라앉기를 기다렸다.

그러다가 문득 한가지 생각이 들었다.

"혹시 국민들은 이 사실을 아는가?"

벨기에 공사관이 투석과 오물 투척을 받은 사실을 국민들이 알고 있는지 물었다.

그리고 그의 물음에 야스파는 쉽게 대답하지 못했다.

어느 때보다 냉정함으로 행동하고 인내해야 하는 순간이었다.

얼굴을 찌푸린 한 남자가 기름병을 가지고 브뤼셀 광장에 위치한 조선 공사관 앞으로 왔다.

그는 높은 담장 너머를 쳐다보고 있었고 그 너머에서 휘날리는 태극기를 노려보고 있었다.

가지고 온 기름병의 뚜껑을 열고, 구멍에 종이를 꽂은 뒤 불을 붙였다.

그리고 힘껏 담장 너머로 그것을 던지려고 했다.

"개구리 올챙이 적 생각 못한다더니! 감히 우리 공사관을 공격해?! 원숭이 놈!"

도움닫기를 하고 젖혔던 팔을 앞으로 뻗으려고 할 때였다.

화염병을 던지려던 남자에게 경찰이 몸을 날렸다.

"안 돼!"

퍽!

"크악!"

"고려 공사관에 돌을 던지려고 하다니! 공관 보호 법률 위반으로 체포한다!"

"크윽! 으윽······!"

몸을 날린 경찰에게 남자가 쓰러졌고 두 손이 곧바로 묶였다.

떨어진 화염병이 깨지면서 불을 일으켰고 이어 달려온 다른 경찰들이 뿌린 모래에 의해서 불이 꺼졌다.

그리고 공사관 앞에 벨기에 장병들이 와서 가로막았다.

소총으로 무장한 장병들이 조선 공사관을 지키기 시작했

다.

알베르가 야스파를 통해서 보고를 받았다.

"화염병을 던지기 전에 겨우 막았다고?"

"예. 폐하."

"정말 다행이군. 화염병이 담장 너머로 던져졌으면 정말로 큰일 날 뻔했네. 국민들의 민심과 반응은 어떠한가?"

"고려 국민들 때문에 화가 나서 돌발행동을 보인 자들이 있지만, 대체적으로 고려 공사관의 보호를 받아들이고 있습니다. 지금 상황에서 우리가 고려에게 맞서봐야 좋을 게 없다는 것을 알고 있습니다."

"빨리 고려 국민들의 분노가 가라앉아야 할 텐데……."

"고려 국민들의 관심이 돌려질 일도 그다지 없습니다."

월드컵이라도 열리고 있는 상태라면 관심이 돌려질 수도 있다고 생각했다.

하지만 세상이 조용한 와중에 벌어진 일이었다.

동양을 중심으로 뜨겁게 일어나고 있었다.

식민지를 보유한 유럽 강국들은 눈치를 볼 뿐 아무 말도 못하고 있었다.

그렇게 생각하고 있을 때 알베르의 집무실로 왕실 비서가 들어왔다.

비서의 얼굴을 보고 알베르가 물었다.

"표정이 안 좋군. 뭔가 들려온 소식이라도 있는가?"

그리고 비서가 그와 야스파에게 동시에 말했다.

"고려 정부에서 들려온 소식이 있습니다……."

"어떤 소식인가?"

"고려 정부에서… 결의안을 준비 중이랍니다. 이번에 우리 정부가 거론되고 있다 합니다. 외무부에서 조만간 정식 보고가 전해질 겁니다."

"맙소사……."

충격을 받은 알베르가 야스파를 쳐다봤다.

똑같이 충격을 받은 야스파가 마른 침을 삼키고 알베르에게 말했다.

"이번 일로 고려가 그냥 넘어가진 않을 것 같습니다……."

중대조치를 예상했다. 그 조치는 절대 벨기에에게 좋은 일이 아닐 것이라고 생각했다.

조선 황실에서도 영출기 시청을 통해 콩고에서 일어난 사실을 알고 있었다.

새소식으로 영상을 본 이척은 크게 분노할 수밖에 없었다.

편전인 사정전에 장성호를 비롯한 대신들이 모여 있었다.

"어떻게 감히, 어린아이마저도 총으로 쏴 죽일 수 있단 말인가?!"

"정보국의 첩보대로라면 소규모 시위가 꽤 있었다고 합니다. 그리고 그 시위를 진압할 때도 화기를 사용했다 합니다. 다만 이번처럼 참사라 할 수 있을 정도만큼은 아니었다고 합니다."

"경중을 떠나서 그렇게 진압을 했다는 것 자체가 심각한 문제가 아닌가? 그 전에 백국이 콩고를 통치하는 것 자체부터가 문제다. 서양 제국이 다른 나라나 민족을 지배하는 것에서부터 정통성이 없고 불법인데 이런 문제까지 일어난 이상 짐은 인류의 한 사람으로서 그들의 만행에 대해 반드시 조치가 필요하다고 생각한다. 응징할 수 있다면 응징하길 원한다."

강한 어조로 장성호와 대신들에게 말했다.

그리고 대신들이 이척의 뜻에 동감했다.

한번 더 이척이 몸에 힘을 줘서 말했다.

"짐의 조선은 입헌 체제이기에 정부와 의회의 결정을 따를 것이다. 허나, 짐 또한 한 사람으로서 의견을 나타낼 것이며 정부와 의회는 이런 짐의 뜻을 고려해주기 바란다. 짐보다 나라와 백성과 정의를 위한 조치를 결정하기 바란다."

장성호와 대신들이 머리를 숙이면서 대답했다.

"폐하의 뜻을 받들겠습니다."

곧바로 의회에 결의안을 발의해 국회인 '조선 만민 의회'에서 결의안 표결을 준비했다.

의장석에 오른 김인석이 만백성을 대표하는 의원들을 향해 크게 소리쳤다.

그의 앞에 그가 알고 있는 독립운동가들이 있었다.

"분명히, 남의 나라 일이오. 남의 나라 일이기에 우리가 눈 감을 수 있소. 그리고 똑같이 우리 일을 다른 나라에게 입 다물라 요구할 수 있소!

하지만 이것은 조선인으로서 문제를 보는 것이 아니라, 인간으로서 이 문제를 봐야 하오!

백국이 콩고를 식민지배한 것도 부당한 일이지만, 그 전에 이들은 인류사 최악의 범죄를 저질렀소! 식민에게 상아 채집을 강제하고, 할당량을 채우지 못하면 손목을 자르고 나중에는 두 손을 잘라 처형하는 만행을 저질렀소!

그 일에 대한 책임을 누구도 묻지 않았소! 심지어 우리 조정조차 외교 관계라는 미명 아래에 묻지 않았소!

한마디로 창피한 일이오! 치욕인 일이오!

그 일을 지적하지 못한 우리는 죄인이고 이제는 고쳐야만 하오!

더 이상 백국 마음대로 콩고를 지배하지 못하도록 만들어야 하오!"

"옳소!"

"지당하신 말씀입니다!"

부의장인 민영환과 조소앙, 김규식, 여운형을 비롯한 의원들이 있었다.

그들을 보면서 김인석이 잠깐 미소를 지었다가 진중한 표정을 짓고 외쳤다.

"표결을 진행하겠소! 무기명 표결이니 각자의 판단으로 표결 단추를 누르시오!"

30초 동안 생각할 시간이 있었다.

그러나 의원들은 생각을 깊이 하지 않고 곧바로 책상 아래의 단추를 눌러서 백성들을 대표하는 뜻을 전했다.

1분 뒤 벽면에 크게 설치된 전광판에서 숫자가 표시되었다.

굳이 찬성과 반대의 수를 모두 말할 필요가 없었다.

김인석이 크게 외쳤다.

"만장일치로 백국 정부에 대한 원주민 자치권 요구 결의안이 가결되었음을 선포하오!"

망치 소리가 크게 세번 울렸다. 그리고 하루도 지나지 않아서 세상에 조선 의회의 결의안이 선포되었다.

프랑스에도 조선의 결의안 통과 사실이 전해졌다.

"고려 의회에서 결의안이 채택되었단 말이오?"

"예. 각하."

"결의안 내용이 어떻게 되오?"

대통령인 '가스통 두메르그'가 신임 총리인 '앙드레 타르디외'에게 물었다.

그리고 결의안의 상세한 내용을 들었다.

"우선적으로 벨기에 정부에 대한 비난이며, 콩고 총독부에 대한 국제 수사 및 책임 관련자에 대한 처벌입니다. 그리고 벨기에 정부에 제발 방지 요구 및, 콩고 원주민을 총독에 임명하고 자치권을 허락하라는 요구입니다."

"명목상 주권은 벨기에에게 있지만 실상은 콩고에 대한

통치를 그만 두라는 이야기로군."

"예. 각하."

"고려가 드디어 이를 드러내기 시작했소. 놈들의 국력이 이미 전성기의 영국을 능가한 상태요. 이런 상황에 명분까지 주어지니……."

"고려 정부의 요구는 어떤 나라도 거부할 수 없습니다."

"자국의 국익에 반하지만 않는다면 말이오. 문제는 이것이 우리에게까지 번질 수 있다는 점이오. 놈들이 콩고를 빌미로 우리 식민지에 대한 문제도 건드릴 수 있소."

프랑스 식민지에 간섭하는 것을 경계했다. 그리고 미리 대책을 세워야 한다고 생각했다.

두메르크가 타르디외에게 물었다.

"만약 벨기에 정부가 고려의 요구를 거부하고 버티면 어떻게 되겠소?"

타르디외가 대답했다.

"이웃나라인 우리 정부와 영국, 네덜란드, 독일에 대해 국경과 해상 봉쇄를 요구할 수도 있습니다."

"무역로가 봉쇄되면 고려의 요구를 받아들일 수밖에 없겠군."

"예. 각하."

"하지만 그 간섭이 우리의 간섭으로 이어질 수 있다면 미리 거부해야 되겠지. 그것도 온 유럽 나라들이 말이오."

"합심해서 목소리를 낸다면 고려도 쉽게 대응할 수 없을 겁니다."

타르디외의 의견을 듣고 두메르그가 마지막으로 고민했다. 그리고 지시를 내렸다.

"영국 정부와 네덜란드 정부에 연락하시오. 이번 일에서만큼은 우리가 합심해서 고려에 맞서야 한다고 말이오. 안 그러면 식민지를 잃게 될 거요."

"공사관을 통해서 연락하겠습니다."

식민지를 지키기 위해 사활을 걸었다.

그리고 영국과 네덜란드가 분명히 합심해 조선에 대항해 줄 것이라고 생각했다.

반면에 독일은 이미 모든 식민지들을 잃어서 오히려 조선과 함께 벨기에를 압박할 것이라고 판단했다.

프랑스 외무부의 연락이 두 나라에 닿는 동안 벨기에에 조선 정부의 요구 사항들이 전해졌다.

알베르가 야스파에게 보고를 받았다.

"요청도 아니고 요구라니! 감히 짐의 제국을 상대로 내정간섭을 하겠다는 것이 아니오?!"

"예. 폐하……."

"만약 놈들의 요구를 우리가 들어주지 않으면 어찌할 것이라고 보오?!"

"무역봉쇄를 벌일 가능성이 큽니다. 하지만 쉽지 않을 것입니다."

"프랑스와 영국 때문이오?"

"예. 폐하. 그들 나라들은 여전히 식민지를 보유하고 있습니다. 그리고 네덜란드도 고려의 무역봉쇄 요구를 무시

할 겁니다."

대답을 듣고 조금의 두려움을 지워냈다.

이후 곧바로 지시를 전했다.

조선의 요구를 거부할 수 있는 명분이 벨기에게 있었다. 알베르는 그렇다고 생각하고 있었다.

"콩고 총독부에서 시위대 무력 진압을 금지하라고 명령을 내렸었소. 용병대 독단으로 벌인 것이니 그들에 대한 처벌로 이 일을 마무리 지을 것이라고 고려 정부에 답변을 전하시오. 그리고 콩고 식민지에 대한 자치권 문제와 총독을 원주민으로 세우는 것은 내정간섭이라고 하시오. 우리는 이 문제를 불상사로 다뤄야 하오."

"예. 폐하."

나름의 조치를 벌이면서 콩고 통치의 권리를 인정받으려고 했다.

그리고 그러한 답변이 조선 외부에 전해지고 장성호에게 전해졌다.

이척이 장성호로부터 소식을 들었다.

"백국이 용병대 독단으로 벌인 일이라고 말했다고?"

"예. 폐하."

"손으로 하늘을 가리려고 해도 정도가 있지, 어찌 감히 천하를 상대로 농간을 부리는가? 놈들의 정신이 번쩍 들도록 마땅한 조치가 있어야 할 것이다. 정부에서는 어떤 조치를 준비 중인가?"

이척의 물음에 장성호가 대답했다.

"견딜 수 없는 압력을 행사할 겁니다."

"무역봉쇄를 취할 예정인가?"

"굳이 봉쇄까지도 갈 필요가 없습니다. 단일 조치 하나면 백국은 물론이고 그 이웃 나라들까지 우리의 요구를 받아들일 수밖에 없습니다. 백국을 원화 경제에서 제외할 것입니다."

장성호의 예정된 조치를 듣고 이척의 눈빛이 번쩍였다.

다시 장성호가 말했다.

"백국과 관계를 맺는 다른 나라들도 원화 경제에서 제외할 겁니다. 그러한 조치를 발표할 것입니다."

대답을 듣고 이척이 고개를 끄덕였다.

"경과 정부 대신들의 뜻대로 행하라."

"예. 폐하."

무력은 최후의 수단이었고 무역봉쇄는 직전의 조치였다.

그리고 조선은 그 전에 더 많은 조치들을 행할 수 있었다.

조선 정부에서 중대발표가 예정되고 기자들이 모인 가운데서 발표가 이뤄졌다.

장성호가 직접 조치 결정문을 진중하게 읽어 내렸다.

"1930년 9월 13일 오후 5시에 예고되었던 발표를 하겠습니다. 정부는 백국 정부의 강압적인 식민지 통치와 유혈 진압에 대한 책임을 직접 고용한 용병대에게 돌리지 않기를 요구한다. 백국 정부와 백국령 콩고 총독부는 그 이

전부터 반인륜 범죄를 저질러왔으며, 이에 대한 인정과 사과, 책임자와 관련자 처벌, 피해자에 대한 보상을 요구한다. 또한 콩고 식민지에 대한 불법적인 주권을 포기할 것을 요구하며, 즉각 독립 정부 구성에 힘 쓸 것을 요구한다. 이에 응하지 않을시 우리 정부는 중대 조치를 취할 것이다. 이상입니다. 질문은 받지 않겠습니다."

벨기에 정부에 대한 요구가 바뀌었다.

장성호가 단상 위에서 내려가자 사진기 불빛이 쉴 새 없이 번쩍였다.

조선 정부의 중대 발표는 이내 세상에 알려졌다.

"콩고 식민지를 포기하라고?!"

"예! 폐하……!"

"이놈들이 미쳤군! 기고만장해도 유분수지! 저놈들이 뭔데 우리보고 식민지를 포기하라 마라야?! 그래서 장관들은 뭐라고 하던가?"

알베르의 물음에 야스파가 대답했다.

"영국과 프랑스와 협의 중입니다. 그리고 네덜란드와도 말입니다. 그들 나라들은 아프리카와 동양에 식민지를 보유한 나라들입니다. 조만간 답변이 올 겁니다."

벨기에를 도와줄 수 있는 나라와 협의했다. 그리고 곧 대답이 전해질 것이라고 생각했다.

얼마 지나지 않아 외무부에서 차관이 와서 보고했다.

"영국을 비롯한 삼국이 고려의 조치에 반대한다는 뜻을 밝혔습니다. 그리고 우리와 함께 하겠다고 답변을 보내왔습니다."

절망 속의 한줄기 빛이었다.

보고를 듣고 알베르가 환하게 웃었다.

야스파가 차관에게 지시했다.

"당장 고려 외무부 발표를 준비하시오. 우리는 고려의 어떤 부당한 요구도 거부할 것이라고 말이오. 용병대에 대한 처벌로 이 일을 마무리 지을 것이라 발표하시오."

"예. 각하."

그리고 알베르를 안심시켰다.

"영국과 프랑스가 함께 하는 이상 우리에 대한 무역봉쇄는 불가합니다."

"그래⋯⋯."

"고려는 절대 우리를 강제할 수 없습니다."

군사조치까지 이뤄지진 않으리라고 생각했다.

그렇게 되면 승패를 떠나서 동양과 서양의 대전이 될 것이라고 생각했다.

그렇게까지 하기에는 콩고의 문제가 너무나 사소한 문제였다.

벨기에 정부의 답변이 전해지고 바로 다음 날이었다.

기상한 알베르가 세면을 하고 옷을 입고 있을 때 밖에 있던 비서가 급히 들어와서 급보를 전했다. 비서의 얼굴이 잔뜩 굳어 있었다.

"폐하⋯⋯."

"무슨 일인가?"

"고… 고려가 중대조치를 취했다 합니다."

"뭐?"

중대조치라는 말에 고개가 돌아갔다.

아무 일도 없을 것이라 생각했는데 심장이 덜컥 내려앉았다.

알베르에게 비서가 울먹이면서 말했다.

"고려가 우리 정부와 은행을 대상으로 원화 결제 금지 조치를 내렸다고 합니다… 우리와 교역하는 다른 나라에게도 우리와 교역을 벌일 경우 원화를 통제하겠다고 합니다……."

"맙소사……."

보고를 듣고 알베르의 넋이 나가버렸다.

그리고 조선의 중대조치 발표는 세상에 엄청난 파장을 안기기 시작했다.

대변혁이 일어나고 있었다.

신조선
新朝生

제국주의가 무너지다

잔잔한 호수에 큰 돌을 던져서 물결을 일으켰다.

세상에 벨기에와 거래하는 모든 정부와 은행에 대해서 원화 결제 통제 조치를 전하고 그 반응을 지켜보았다.

장성호와 이척이 경회루에서 만나서 차를 마셨다.

접시 위에 놓인 약과를 손으로 집어서 먹으며 이척이 물었다.

유럽에서 들어온 첩보가 있었다.

"자국의 식민지 독립으로 이어질까봐 백국과 함께 우리에게 맞서려 했다고?"

"예. 폐하."

"그런데 무역봉쇄를 예상했는데 원화 결제 통제 조치를 내렸으니 상당히 당황했겠군. 영길리와 불란서에서는 이를 예상하지 못했나?"

"예상하지 못했습니다."

"어째서 그러한가?"

"전례가 없었기 때문입니다. 파운드화가 기축통화일 때도, 다른 나라를 상대로 영길리가 파운드화 결제 통제 조치를 벌인 적이 없습니다."

"원유 때문인가?"

"예. 폐하. 원유 생산 국가가 어떤 화폐로 결제를 하느냐에 따라서 기축통화의 지위가 달라집니다. 그리고 지금의 기축통화국은 원화 결제 통제만 걸 수 있는 외교력을 가지고 있습니다. 온 유럽이 연합해서 대항해도 우리를 이길 수 없습니다. 결국 영길리와 불란서는 백국과의 합의를 깨버릴 겁니다."

네덜란드는 굳이 생각하지 않아도 됐다.

이미 소련을 제외한 세상 모든 나라가 원화를 사용하고 있었다.

특히 원유를 생산하는 나라들이 원화로 생필품과 양식을 사들였다.

산업과 민생 경제를 위해선 원유를 수입하고 원화 결제가 필수일 수밖에 없었다.

영국과 프랑스도 그런 현실에서 벗어날 수 없었다.

프랑스 대통령이 총리로부터 보고를 받았다.

"무역봉쇄가 아닌 원화 결제 통제라니……."

"그것 자체로도 무역봉쇄입니다. 각하."

"만약 우리 기업이나 은행이 벨기에 정부나 기업과 거래하게 되면 곧바로 우리도 제제 대상이 되는 것이 아니오?"

"맞습니다. 각하."

"그러면 벨기에를 결코 도울 수 없는 것이 아닌가? 어떻게 이런 일이……."

이미 식민지 독립이라는 문이 활짝 열린 듯했다.

그 문을 닫으려고 애썼지만 크기가 너무 커서 닫을 수 없었다.

조선은 거인 같았고 프랑스는 난쟁이 같았다.

대세를 거스를 수 없었다.

"벨기에를 돕다가 우리마저도 크게 피해를 입을 수 있소… 그렇다고 고려와 전쟁을 치를 수도 없으니 저번에 맺었던 합의를 깨트리시오. 우리부터 살아야겠소."

"예. 각하."

프랑스에 이어 영국과 네덜란드에서도 조선 정부의 조치에 대응했다.

그 대응은 벨기에를 버리고 조선의 국력과 국위에 벌벌 떠는 것이었다.

그리고 알베르와 야스파의 벨기에는 완전히 뒤통수를 맞았다.

"우리와 모든 거래를 끊겠다니?!"

"고려에서 원화 결제를 통제하는 바람에 벌어진 일입니

다."

"어떻게 이런 일이! 이렇게 되면 고려가 원화와 원유를 무기 삼아서 유럽의 모든 나라에 식민지 독립을 요구할 게 아닌가?! 그걸 알고서도 이런단 말인가?!"

분통을 터트리면서 알베르가 소리쳤다.

손으로 책상을 두들기면서 세 나라의 합의 파기에 분노했다.

몹시 부당한 일이라고 생각했고 그 억울함이 이루 말할 수 없었다.

선왕의 유지를 이을 수 없다는 사실에 안타까움을 드러냈다.

"백부님께서 겨우 얻은 식민지를 이렇게 잃게 되다니…! 크흑……!"

한없는 슬픔이 몰려왔다. 하지만 어쩔 수 없이 가지고 있는 것들을 토해낼 수밖에 없었다.

알베르가 야스파에게 말했다.

"장관들과 논의해서 고려의 요구를 받아들이겠다고 말하시오… 그러한 짐의 뜻을 전하시오……."

"예. 폐하……."

야스파 또한 눈물을 흘리면서 국왕의 지시를 받았다.

그는 곧바로 정부 장관들을 모아서 알베르의 뜻을 전했고 의원들을 불러서 조선의 요구를 수용해야 한다고 말했다.

그리고 그런 야스파의 이야기에 어느 누구도 반대하지

않았다.

 이틀 뒤 벨기에 전부에서 중대발표가 이뤄졌다.

 만국에 발표의 내용이 전해지고 조선에도 전해지면서 신문을 든 백성들이 눈을 크게 키웠다.

 벨기에가 조선에 무릎을 꿇었다.

 "원주민을 총독으로 세우겠다니? 그러면 대체 어떻게 되는 거지?"

 "식민지 독립만큼은 거부하겠다는 거지. 그래도 원주민을 총독으로 세우는 것조차 거부했는데 겨우 여기까지 나왔어. 그리고 자치권도 부여하겠다고 하니까. 나는 오히려 정부가 무리하게 독립을 요구하는 것보다 이 정도 선에서 마무리 지을 것이라고 봐."

 의견이 분분했다.

 무릎은 꿇었지만 머리까지 숙이지는 않았다.

 그런 벨기에를 두고 백성들은 계속 압박해서 콩고의 독립을 이루거나 무리하지 말자는 쪽으로 나뉘게 되었다.

 그리고 정부의 조치를 기다렸다. 소식을 들은 이척이 장성호에게 말했다.

 "체면은 살려달라는 이야기로군."

 "백국에게 있어서 중요한 것은 식민지로 국익을 이루는 것도 있지만 체면 문제가 더욱 큽니다. 하나의 식민지라도 얻으려고 해안이 아닌 중앙아프리카를 차지한 이유가 달리 있는 것이 아닙니다."

 "백국령으로만 남기고 모든 권리를 포기한다라… 경은

어찌 생각하는가?"

　장성호에게 의견을 물었고 이내 대답을 들었다.

　"나쁘지는 않을 것 같습니다."

　"어째서 그러한가? 콩고 독립이 목적이지 않았는가?"

　"백국이 처음의 요구를 거부했기에 조건을 더 높인 것입니다. 하지만 처음에 우리 정부가 요구했던 것은 콩고의 총독을 원주민으로 임명하는 것과 자치권을 부여하는 것이었습니다. 일단 그렇게 되어야만 하는 이유가 있습니다."

　"어떤 이유를 말인가?"

　"영길리와 불란서와 같은 다른 나라의 식민지에도 자치권과 현지인을 총독으로 세우는 것을 이끌어내기 위함입니다. 만약 강하게 나갔다면, 그 나라들은 죽기를 각오하고 우리 정부에 맞설 것입니다. 물론 때려눕힐 수도 있지만 병법에서도 선수는 싸움을 피하는 것입니다. 이 정도로 정의를 실현하고 한 걸음씩 나아가야 합니다."

　"그렇군. 하긴, 백국 정부가 원주민들에게 자치를 허락하면 그런 불상사도 다시 생길 일은 없겠지. 경이 말한 대로 대신들과 논의해 백국 정부의 제안을 받아들이도록 하라. 또한 언론을 통해 백성들을 설득하라."

　"예. 폐하. 말씀대로 행하겠습니다."

　무리해서 독립을 요구하지 않았다.

　그는 아프리카 나라들이 독립하면서 일어나는 문제점들을 알고 있었다.

'이척에게 인사하고 사정전에서 나오면서 생각했다.

'지금 상황에서 독립이 이뤄지면, 유럽 제국이 그어놓은 경계대로 국경이 그어질 거야. 그렇게 되면 여러 민족이 뒤섞여 사는 나라가 되고, 한 민족이 권력을 차지하면 다른 민족은 학살을 당하는 피비린내 나는 내전이 일어날 거야. 그리고 산업화는 하나도 이뤄지지 않으면서 버림받을 테고 말이야. 그런 과오가 절대 반복되어선 안 돼.'

독립 후에 찾아올 비극을 미리 알고 있었다. 그 비극을 미리 막으려고 했다.

정부 청사로 돌아가서 이상설을 통해 벨기에 공사관으로 연락했다.

그리고 참사 관련자 처벌과 자치권 부여, 원주민에서 총독을 뽑기로 하는 벨기에 정부의 최종 제안을 받아들였다.

그리고 조건 하나를 달았다.

"아프리카 전체의 경계선 조정과 자치권 부여에 대해 협의를 요청한다고 말이오?"

"예. 폐하. 영국과 프랑스를 비롯한 나라들에 대해서입니다. 협의를 시작하면 고려 편에 서달라는 요청이 있었습니다."

알베르가 야스파로부터 이야기를 듣고 인상을 찌푸렸다.

그리고 불만 가득한 목소리로 말했다.

"역시나 짐의 제국이 놈들의 징검다리였군! 그런데 감히 우리에게 한 편이 되어 달라 말할 수 있단 말인가?!"

"인류를 위해서라고 했습니다……."

"무어라?"

"유럽 제국이 통치하는 식민지가 차후에 정치나 경제 상황으로 짐이 될 수 있다고 합니다. 오히려 자치권을 부여해서 명예를 지키는 게 낫다고 합니다."

"말이면 다 되는 줄 아나 보군!"

"그리고 아프리카 식민지를 발전시켜서 유럽의 새로운 시장으로 만들겠다고 합니다. 그 길을 고려에서 알려주겠다고 했습니다."

"……."

분통을 터트리는 알베르와 달리 야스파의 모습은 몹시 진정되어 있었다.

그의 진중한 표정과 어조에 알베르의 노기가 어느 정도 녹아내렸다.

알베르가 야스파에게 물었다.

"경은 고려에서 하는 말이 진짜라고 생각하는가?"

그리고 대답을 들었다.

"적어도 고려는 유럽의 어떤 나라보다도 정직합니다. 심지어 우리 정부보다도 말입니다. 그들이 가능하다면 정말로 가능할 겁니다."

당장 국익을 잃고 체면을 잃는 것은 괴로운 일이었다.

하지만 새로운 가능성을 꿈꾸고 찬란한 미래로 향하는 과정 중에 있는 것이라면 달리 생각할 수밖에 없었다.

벨기에 국왕으로 즉위한 이래 조선이라는 나라가 어떤

모습을 보였는지 상기했다.

그리고 야스파에게 말했다.

"그 길이 무엇인지 영국과 프랑스에게 알리기 전에 먼저 알려달라고 요구하라. 그리고 짐에게 알려달라."

"예. 폐하. 그렇게 하겠습니다."

적어도 조선과 특별한 관계이길 원했다. 그것이 벨기에 국민과 왕실을 위한 일이었다.

한달 뒤 조선에서 협의가 이뤄졌다.

김포공항 활주로 위로 천마가 착륙했고 영국 총리인 맥도널드가 수행원들과 함께 조선을 찾았다.

계단차를 타고 내려오면서 생각에 잠겼다.

'결국 아프리카 식민지 문제로 고려에까지 오게 되는 군……'

하늘을 날았던 감동을 제대로 느낄 수 없었다.

창문 밖으로 보였던 구름은 단지 구름일 뿐이었다.

그 위에 있었다는 느낌도, 넓고 호화로는 천마의 실내도 제대로 느낄 수 없었다.

무거운 마음을 안고 조선에 도착했고 마중 나와 있던 조선 부총리를 만나서 악수했다.

이시영이 맥도널드에게 손을 내밀었다.

"조선 부총리인 이시영입니다."

"브리튼 왕국의 총리 제임스 램지 맥도널드요. 만나게 되어서 반갑소."

"먼 길을 오시느라 힘들었을 거라 생각합니다. 바로 편히 쉴 수 있는 숙소로 안내하겠습니다."

이시영을 따라 영국 총리와 수행원들이 움직였다.

그들은 미리 대기하고 있던 아우들에 탑승했고 경강이 잘 보이는 남산 아래의 숙소에 도착해 짐을 풀고 하루 편히 쉬었다.

그 사이 프랑스와 벨기에, 네덜란드, 이탈리아 등의 나라에서도 총리와 외무장관이 도착해 조선이 제안한 협의를 치를 준비를 했다.

협의 내용은 아프리카 식민지에 관해서였고 식민지 경계선을 새로 긋는 것과 자치권 부여, 원주민을 총독으로 세우는 것이었다.

그런 주제의 협의를 조선을 방문한 총리와 외무장관들은 달가워하지 않았다.

그럼에도 어쩔 수 없었다.

차에서 내리면서 한숨을 쉬었다.

'벨기에처럼 원화 결제에 관해서 제제를 받으면 큰일이 날 거야.'

'원유 거래가 원화 결제로만 이뤄지지 않아도 이 지경까지 되진 않았을 텐데…….'

아쉬움과 안타까움을 안고 영빈관에 마련 된 회의실로 향했다.

회의실에 큰 원탁이 놓여 있었고 자리마다 작은 마이크가 설치되어 말하는 사람의 목소리가 잘 들릴 수 있도록 모든 것이 준비되어 있었다.

그리고 놓인 명패 앞에 식민지를 보유한 유럽 각 나라들의 총리나 외무장관들이 앉았다.

그들 곁에는 조선말이 능한 역관이 함께 있었다.

장성호가 들어오자 곧바로 회의가 진행되었다.

그리고 식민지 경계를 다시 긋는 문제와 자치권 부여와 함께 원주민을 총독으로 세우는 것에 대한 문제를 언급했다.

그 문제를 언급하면서 앞으로 식민지가 유럽 나라들의 발목을 잡을 것이라고 말했다.

이야기를 듣고 맥도널드가 물었다.

"어째서 우리들의 발목이라 말하는 것이오?"

장성호가 대답했다.

"유럽에서도 인간답게 살아야 한다는 인식이 번지고 있는데 당연히 식민을 위해서 예산의 지출을 늘리는 방향으로 가지 않겠습니까? 그것이 점점 커질 텐데 짐이 아니라면 뭐라고 표현할 수 있겠습니까? 안 그렇습니까?"

"……."

"그리고 이제부터는 지식 싸움입니다. 노동 집약의 시대를 뛰어 넘어, 획기적인 생각과 기술을 가진 물건이 막대한 이문을 안겨다 줍니다. 이 말인 즉, 식민을 노동력으로 쓸 수 없다는 이야기입니다. 단적인 예로 현재 조선에서는 유럽인들을 상대로 차와 냉장고, 영출기 등의 뛰어난 기술력이 필요한 물건을 팔며 수익을 거두고 있습니다. 그리고 유럽에서는 우리 제품을 이기기가 버겁습니다. 수익을 내고 싶어도 내지 못하는 상태입니다. 수익을 내기 위해선 기술이 필요한데 식민의 노동력으로 그것이 결정되는 것입니까?"

"그것은……."

"예전에는 식민의 노동력으로 유럽 회사들을 먹여 살렸지만 지금은 다릅니다. 앞으로는 더더욱 그럴 것이고 말입니다. 앞으로 10년 안에 식민지가 부담으로 여겨지게 될 겁니다. 그렇게 되기 전에 길을 새로 뚫자는 이야기입니다."

"어떻게 말이오?"

"자치권을 부여하고 원주민에게 총독의 직책을 맡기는 겁니다. 그렇게 하면 원주민들은 더욱 잘살기 위해서 방도를 찾을 것이고 우리가 도와주면 됩니다. 이후엔 그들의 경제력이 높아지면서 유럽 회사들의 물건을 살 수 있게 됩니다. 이것은 유럽 회사들에게도 좋은 일이지 않습니까?"

"……."

"이것만 한 상생은 없을 것이라고 생각합니다."

역관들이 통역해서 이야기했다.

이야기를 듣고 맥도널드와 타르디외가 고민에 빠졌다.

야스파는 무조건 조선 편을 들어야 한다고 생각했다가도 장성호의 이야기를 듣고 깊은 공감을 나타냈다.

유럽의 회사는 조선 기업의 침공으로 어려운 상황에 처해 있었다.

'고려 총리의 말대로 아프리카에 시장을 구축해야 돼.'

'결국 아프리카의 식민지가 발전해야 된단 말인가…….'

공감하는 이들이 적지 않았다. 아니, 전부였다.

아프리카를 시장으로 만들어야 유럽 각국의 회사가 살 수 있었다.

새로운 그림들이 그려지기 시작했다.

"그러면 그것은 그렇다 치고, 식민지 경계선은 어째서 새로 그어야 하는 것이오?"

야스파의 물음에 장성호가 바로 대답했다.

"민족이 다르기 때문입니다."

"민족이 다르다……?"

"단적인 예로 콩고 식민지 안의 민족만 몇 개입니까? 르완다 지역도 프랑스와 영국 식민지로 나뉘어서 그 지역의 민족은 두 식민지의 민족에 섞여들지 못하고 있습니다. 더군다나 이번 사건의 문제도 있고 말입니다. 이런 상황에서 자치가 주어지고 심지어 독립까지 이어진다? 장담하건대 반드시 내전이 발발하고 부족 간의 혈투가 벌어지면서 정권을 취하기 위한 피바람이 불 겁니다. 그 피해는 온전히 유럽 각국이 받을 겁니다. 왜냐하면 그만큼 시장 구축이 힘들어지고 아프리카의 발전이 더뎌지기 때문입니다. 또한 그렇게 만들도록 내버려둔 책임과 불명예가 계속 따를 겁니다."

경계선을 새로 그어야 하는 이유를 듣고 정적이 일었다.

어느 누구도 장성호가 말하는 이유에 대해서 잘못되었다는 이야기를 할 수 없었다.

머릿속에서 고민이 깊어지고 있었다.

'정말로 그렇게 한다면 우리 기업이 수익을 거둘 수 있어…….'

'고려는 유럽에서 물건을 팔고… 우리는 아프리카에 물건을 판다라…….'

'결국 식민지를 발전시켜야 하는 것인가……?'

자원 생산을 위해 최소한의 교육만 하고 도로나 철도, 전기, 상하수도 같은 기간 시설만 건설하는 것이 아니었다.

아프리카 식민이 제대로 물건을 살 수 있도록 그들의 경제력이 높아져야 했다.

최소한 유럽 회사들이 생산하는 물건을 제 값에 살 수 있을 만큼은 되어야 했다.

그것이 가능해지면 새로운 시장이 열릴 수 있었다.

장성호가 맥도널드와 타르디외의 눈치를 살피고 마지막 제안을 했다.

"만약 우리 정부의 요청을 받아들인다면, 유럽 각국에 몇 가지 기술을 알려드리겠습니다."

"어떤 기술을 말이오?"

"대기 정화 기술과 수질 정화 기술을 말입니다. 산업화가 진행될수록 나빠지는 환경을 회복시킬 수 있도록 도와드리겠습니다."

석탄 발전과 석유화학 공업이 늘면서 유럽 각국의 공기와 수질이 나빠지고 있었다.

그리고 그것에 대해 무척 신경을 쓰고 있는 상황이었다.

다만 나라 경제 발전을 위해서 침묵하고 있었다.

조선 정부를 대표하는 장성호의 제안에 귀가 솔깃했다.

그리고 그가 던진 마지막 말이 마음과 사고를 움직였다.

"국익과 명예를 동시에 취하겠습니까? 아니면 그저 한 줌의 땅과 권력만을 쥐고 허영을 쫓겠습니까? 대답은 이미 정해졌다고 생각합니다만?"

결론을 내렸다.

"벨기에 정부에서는 고려의 제안을 받아들이고 따르겠소."

이어 맥도널드가 대답했다.

"우리도 마찬가지요. 그리고 고려에서 제안한 대기 정화와 수질 정화 기술을 꼭 이전시켜 주시오."

"그렇게 하겠습니다."

직후 프랑스와 네덜란드 총리와 외무장관도 장성호의 제안을 받아들였다.

이탈리아를 포함해 유럽 나라들이 식민지에 대한 통치권을 포기하자 그 나라들은 장성호가 제시한 비전을 믿었고, 원화를 앞세운 조선의 패권을 두려워했다.

각 나라 대표에게 합의한 내용이 담긴 문서 한 부씩 전해졌다.

그리고 문서를 앞에 놓은 장성호가 말했다.

"서명 날인을 하시고 왼쪽으로 넘기시면 됩니다."

서명을 하고 왼편으로 문서를 넘겼다.

그리고 문서가 옮겨질 때마다 한 사람씩 서명이 늘어나

고 합의문에 대한 동의가 이뤄졌다.

마지막 서명이 채워지자 그들을 감싼 신문기자들이 사진기 불빛을 터트렸다.

"이것으로 우리는 아프리카 대륙에 새로운 미래를 계획하고 희망찬 내일을 꿈꿀 것입니다. 이 순간부터 우리는 새로운 역사를 써내려갈 것입니다."

합의문을 들고 옆의 사람들과 악수했다.

그리고 사진으로 기록이 남겨지면서 인류에 새로운 미래가 그려지기 시작했다.

다시 한달이 지나서 식민지 경계에 관한 조율을 벌이기 시작했다.

언어와 민족에 따라 경계선을 조정하고 한 식민지가 한 곳을 잃으면 다른 식민지의 땅을 받는 방식으로 균형을 이뤘다.

그리고 다음 해에 원주민들에게 자치권을 부여하기로 했다.

그러한 소식이 원주민들에게 전해졌다.

프랑스어를 읽을 수 있는 한 소년이 손에 신문을 들고 집으로 달려왔다.

"아버지! 큰일 났어요!"

"무슨 일이냐?"

"총독부가 해체된대요! 우리 손으로 뽑은 정치인이 우리 땅에서 정치를 할 거라고 해요! 자치권이 허락되었어요!"

"……?!"

손에 들고 있는 신문을 소년이 아버지에게 펼쳐서 보여 줬다. 소년의 아버지는 손목이 없었고 글 또한 읽을 수 없었다. 자식이 아비를 대신해서 손가락으로 기사를 가리키면서 설명했다.

그러자 아비가 눈동자를 떨면서 물었다.

"이… 이게 정말이냐……?"

"예! 아버지! 우리 손으로 총리를 뽑을 수 있게 되었어요!"

"어떻게 이런 일이……!"

밖에서 노래가 울려 퍼지고 있었다.

"고개를 들고 저 태양을 보라! 찬란한 내일이 우리를 비춘다! 우리는 자유를 안고 영광의 내일을 향해……!"

노랫소리를 듣고 부자가 집 밖으로 나왔다. 그리고 마을에서 춤을 추는 주민들을 봤다.

살면서 그렇게 기쁜 날이 없었다.

"해냈어! 우리가!"

똑같이 손목이 없는 친구의 말에 오열하면서 바닥에 주저앉았다.

그리고 울먹이면서 노래를 불렀다.

비록 독립을 이루지는 않았지만 벨기에의 폭정에서 벗어나 새로운 시대를 맞이하게 됐다.

어깨동무를 하고 춤을 추면서 노래했다.

그렇게 콩고 식민지에 대한 자치가 약속되었다.

언어와 민족에 따라 자치 지역이 갈라지고 각 민족은 직접 투표로 이웃한 민족과의 통합이나 분리를 주장했다. 그리고 그들의 주장대로 이뤄졌다.

조선과 동양 나라들이 유럽 정부들을 돕고 투표를 관리했다.

자치 지역이 구분된 뒤 다음 해에 원주민들은 자신들을 위해 정치를 하고자 하는 이의 목소리를 듣고 마음을 움직였다.

단상 위의 오른 자의 이야기는 명확했다.

"저를 총리로 뽑아 주신다면 고려의 도움을 받아 조선글을 받아들이고 콩고 주민들에 대한 교육을 실시하겠습니다! 그것을 통해 고려의 우수한 지식을 받아들이고, 우리 땅을 어떻게 발전시켜 나갈지에 대해서 고민하고 계획하고 건설하겠습니다! 더 이상 우리는 식민이 아닙니다!"

"와아아아아~!"

"베드르! 베드르! 베드르!"

후보자의 이름을 지지자들이 크게 연호했다.

그는 독립 시위를 주도했던 한 사람이었고 그를 콩고 주민들이 기억했다.

한달 후에 투표지에 그의 이름과 번호 옆에 도장을 새겨 넣었다. 투표소에서 나오는 주민들이 환하게 웃으며 이야기했다.

"살다 보니 이런 일이 생기는군."

"그러게 말일세."

"정말로 우리가 자유를 얻게 되었어. 언젠가 나라도 세울 수 있을 거야."

"고려와 함께 한다면 말이지. 나는 고려와의 관계를 돈독히 하는 지도자만을 뽑을 거야. 고려가 우리에게 자유를 줬어."

어떤 연유로 자치권을 얻게 되었는지 알고 있었다.

그리고 조선 정부에서 어떤 생각과 판단으로 유럽 제국들을 설득했는지 알고 있었다.

콩고 주민들은 조선을 믿고 있었고 정치지도자들을 뽑더라도 조선과 좋은 관계를 이룰 수 있는 사람들을 뽑았다. 그렇게 아프리카에서 최초의 자치정부가 세워졌다.

원주민들이 선택한 정치지도자가 단상 위에 올랐다.

"베드르! 베드르! 베드르!"

킨샤사에서 지도자의 이름이 크게 울려 퍼졌다.

그리고 꽃다발을 목에 건 콩고의 새로운 지도자는 손을 들어 보이면서 원주민들에게 약속했다.

그가 원하는 것은 자치령 주민들의 행복한 인생이었다.

"이제 우리는 새로운 시대를 살게 되었습니다! 우리는 고려 국민들처럼 살 수 있도록 그들의 가치를 배우고 이 땅을 건설해나가고 자손들의 번영을 이룰 것입니다! 그리고 지금의 순간이 있게 해준 우리들의 영웅들을 기억할 겁니다!"

"와아아아아~!"

군중이 함성을 크게 질렀다. 후손들의 번영을 기원하면서 자신들의 땅에 정의가 실현되기를 소망했다. 유혈 사태로 세상의 주목을 받았던 전임 총독이 있었다.

그는 벨기에 정부와 조선 정부의 협의가 끝나는 즉시 체포되어 처벌을 받았다. 비록 시위를 진압하라는 명령을 내리지 않았지만 그 전에 다른 지역에서 일어난 시위를 무력으로 진압한 사실이 밝혀져서 교수대 위에서 형장의 이슬로 사라졌다. 그리고 시위대를 진압했던 용병대는 총살을 당하면서 그 책임을 마무리 지었다.

독립 시위를 벌였다가 숨진 수많은 사람들이 있었다.

그들은 킨샤사 외곽에 위치한 묘지에 영면되어 있었다.

차가운 비석은 말이 없었고 그들이 가진 열정과 분노를 담아내지 못했다.

그 앞에서 새롭게 선출된 총리가 머리를 숙이면서 묵념했다.

그리고 그와 함께 일하게 된 치안감과 교육감은 무거운 마음으로 비석을 보고 헌화했다.

바깥에 서 있는 기자들이 사진기로 그 모습을 찍었다.

"갑시다."

"예. 각하."

콩고 총리가 걸음을 옮겨서 묘지에서 나갔고 뒤에서 홀쩍이던 유족이 앞으로 와서 묘비 앞에 헌화했다.

그리고 돌아올 수 없는 가족을 기억하면서 오열했다.

"조제프! 어떻게 어미를 두고 이렇게 갈 수 있는 거니! 조제프!"

묘비 앞에 아이의 사진이 액자 속에 담겨서 세워져 있었다. 그리고 그 액자를 어머니가 안고 눈물을 흘렸다.

그 모습을 조선에서 파견을 나온 영상 촬영 기사가 찍으려고 했다. 그때 마이크를 들고 있던 기자가 손을 들면서 찍지 말아달라고 말했다.

그녀의 슬픔을 취재 거리로 만들려고 하지 않았다.

그리고 사진 속에 담긴 아이의 얼굴을 봤다.

'이름이 조제프였구나… 그렇게 아파했는데… 네가 웃고 있는 것을 보니 천국은 참으로 좋은 곳인가 보다. 꼭 다음에 보도록 하자…….'

품에 안겨서 숨져갔던 아이의 모습을 기억했다.

그리고 그 아이가 얼마나 미소가 밝은 아이인지, 해맑게 웃는 아이인지를 알았다.

조제프의 사진을 안은 어머니의 곁으로 가서 은상이 어깨 위로 손을 올렸다. 그러자 아이의 어미가 놀라서 은상을 보고 눈을 키웠다.

그녀에게 은상이 속성으로 배운 프랑스어로 말했다.

"아이를 압니다. 그리고 용기가 있습니다. 조제프는 영웅입니다."

조제프의 어머니에게 말하면서 품 안에 있던 사진 한 장을 꺼냈다. 그 사진은 은상이 묘지 관리소에 부탁해서 죽은 아이를 위해 액자 속에 담아 묘비에 세우기 위해서 가지고 온 사진이었다.

그리고 그의 생각보다 제대로 쓰이게 됐다.

사진을 받은 아이의 어머니가 팔을 치켜세우면서 크게

외치는 조제프의 모습을 보고 미소를 지었다.

　하지만 이내 다시 오열했다. 한참을 울다가 은상의 옷자락을 잡고 말했다.

　"정말… 감사합니다……."

　그녀를 감싸 안고 은상이 함께 눈물을 흘렸다.

　그 모습은 다른 신문사 기자의 사진 속에 담겼다.

　콩고 주민들이 설립한 신문사의 사진으로 쓰였다.

　그렇게 아프리카 식민지들이 자치권을 얻고 자유를 누리기 시작했다.

　언젠가 당당한 독립국이 되어서 조선과 같은 나라가 될 수 있기를 소망했다.

　검은 대륙에 희망이 차오르기 시작했다.

　"자! 열심히 일하자고! 오늘은 저기 보이는 언덕까지 도로를 닦아야 해! 다들 힘을 내!"

　"오오!"

　아프리카에서 사업을 벌이고 싶으면 반드시 자치 정부에서 정한 최저임금대로 임금을 지급해야 했다.

　그 기준은 한명이 벌었을 때 최소한 4인 가족의 의식주를 책임질 수 있는 수준이었다.

　때문에 삽과 곡괭이를 들고 일하면서 인부들은 기쁠 수밖에 없었다.

　그들은 정당한 임금을 받고 있었다.

　"일할 맛이 나는구먼!"

"그러게 말이야!"

"오늘도 열심히 일해서 집안 식구들과 맛있게 저녁 식사를 하는 거야!"

해지기 전에 반드시 퇴근하는 것을 원칙으로 삼았다.

덕분에 원주민들은 이전과 다르게 사람다운 삶을 살기 시작했다. 그리고 인생에서 가장 행복한 순간과 보람을 느꼈다. 그들의 희망은 자식에게 맞춰져 있었다.

"열심히 일해서 돈을 벌어다가 우리 자녀들을 고려에 보내는 거야. 고려에 유학을 보내서 잘 배우면 결국 우리 후대가 번성할 것이네. 열심히 일하세!"

"그래!"

그러던 중 이상한 생각들이 끼어들기 시작했다.

그것은 절제되지 못한 욕심이었다.

"우리는 이렇게 열심히 일하는데 저 사람은 뭐지?"

"누구 말야?"

"관리자 말이야. 우리가 작업하는 것을 감독하는 사람 말이야. 하는 것도 별로 없는데 우리보다 더 많은 돈을 가져가잖아."

"그야 저 사람은 기술을 가진 사람이잖아."

"그게 대단한 기술인가?"

"대단하고 아니고를 떠나서 저 사람만이 할 수 있는 일이니까. 각자 직책에 맞춰서 일을 하는 거야."

"……"

동료 인부의 이야기에 불만을 가진 인부는 계속해서 인

상을 썼다. 그리고 들고 있던 삽을 내렸다.

"일하는 게 편하잖아. 그 정도면 됐지 더 많은 임금까지 가져간다고? 나는 절대 용납 못해. 이건 정말 잘못된 일이야. 모든 사람이 평등하게 돈을 벌어야 해."

차이에 의한 박탈감을 느끼고 있었다.

처음에 그것은 부당한 식민 지배를 벌이는 벨기에 정부에 대한 불만이었지만, 그것이 해결되자 이내 다른 것에서 박탈감을 찾기 시작했다.

그것은 임금과 처우에 관해서였다.

그리고 다른 사람과 생활수준 차이에 따른 것이었다.

아프리카의 자치를 기다리고 있었던 존재들이 있었다.

* * *

"정말로 아프리카의 자치가 이뤄졌다는 말이오?"

"예. 주석 동지."

"그렇다는 이야기는 부르주아들이 자신들의 권력을 놓았다는 이야기인가?"

"적어도 그들이 강압하는 식민지에 대해서만큼은 말입니다. 하지만 위장입니다. 원주민들에게 통치권을 넘겼을 뿐입니다. 그들은 여전히 식민지를 영토라 주장하고 있고, 원주민들이 통치자를 뽑도록 만들면서도 그 안에서 부르주아와 노동자를 나누고 있습니다. 자본가들은 여전히 그곳에서 허용되고 있습니다."

모스크바 크렘린이었다.

소비에트 연방 공화국 인민평의회 주석 집무실에서 트로츠키가 외무를 맡는 치체린으로부터 보고를 받았다.

그리고 아프리카의 식민 해방이 위장이라고 판단했다.

그곳엔 기업가의 활동이 법으로 보장되어 있었다.

그것은 차별을 낳을 수밖에 없었다.

"자본가의 논리대로 사회가 돌아가게 만든다면, 희소성을 가진 기술이나 경험을 가진 사람이 귀해질 수밖에 없소. 그리고 특정인이 귀해지면 그자가 모든 것을 가져가오. 다른 이들은 땀을 흘리면서 고생하면서 일하는데, 그자는 쉽게 일하고 편히 일하면서 다른 이에게 박탈감만 낳게 되오. 그것처럼 불평등한 세상이 어디에 있겠소? 자본이 허락되는 식민지 해방은 진정한 해방이 아니오. 오직 공산 혁명을 통한 만인 평등과 분배만이 진정한 혁명이오. 아프리카에서도 공산 혁명이 이뤄져야 하오."

"맞습니다. 주석 동지."

"우리의 혁명 전사를 아프리카에도 보내시오."

"예."

어른을 가르치는 것보다 아이를 가르치는 게 나았다.

자기만의 사고방식을 가진 어른은 한번 잘못된 사상과 교육에 물들면 쉽게 고쳐지지 않았다. 반면에 아이는 가르치는 대로 배우고 생각할 수 있었다.

자치권을 얻어낸 아프리카 식민지의 원주민들은 갓난아기 같은 존재들이었다.

그들이 자본주의에 물들기 전에 공산화 사상과 평등사상을 각인시키려고 했다.

그것으로 불평등한 세상을 상대로 투쟁하고 하나가 되어 대혁명을 이룰 수 있다고 생각했다.

유럽에 대한 혁명 준비도 소홀히 하지 않았다.

"유럽 혁명은 잘 준비되고 있소?"

"전사들이 이미 각계각층으로 포진되어 있습니다. 그리고 전략을 세웠습니다."

"어떤 전략인지 설명해 보시오."

크렘린 회의실에서 노동당 위원들이 모여 있었고 치체린이 직접 지시봉을 들었다.

회의실 정면에 큰 종이가 걸려 있었다.

"우선, 노동자들에게 회사 임원과의 임금 차이를 깨닫게 합니다. 그리고 임금 차이를 깨닫게 되면 인상 요구를 유도하고, 임원과의 임금 격차가 계속 있으니 매해 인상이 되도록 유도하고 관례처럼 만들어야 합니다. 그리고 회사 경영에 힘든 시기가 오면……."

"임원에게 자산 출혈을 요구하는 것이오?"

"그것은 기본이고 임금 인상도 계속 요구해야 됩니다. 명분은 임원들과의 임금 차이입니다. 임원과 노동자의 임금이 동일해질 때까지 투쟁하는 겁니다. 당연히 임원들은 경영 문제를 탓하며 거부할 것이고, 노동자는 협상 결렬을 빌미로 파업의 명분을 얻게 됩니다. 그리고 파업을 벌이면서 정부의 강경 진압을 유도해야 됩니다. 불씨 하나를 통해서 말입니다. 그렇게 하면 충돌이 일어날 게 뻔하고 반동 정부와 자본가는 매우 폭력적으로 비춰지게 될 겁니다."

"지식층과 언론계에 우리의 전사들을 침투시켜야 하겠군."

"맞습니다. 제일 먼저 장악해야 되는 것이 언론이고, 집회를 주도하는 단체를 장악해야 합니다. 또한 교육계에 전사들을 침투시켜서 계급투쟁의 당위성을 교육해야 됩니다. 그렇게 해서 혁명으로 나아갈 수 있습니다. 혁명 정신으로 무장한 민중과 노동자의 지지를 등에 업고 부르주아가 세운 자본주의 체제를 뒤집어엎을 수 있습니다."

치체린의 설명을 듣고 트로츠키가 고개를 끄덕였다.

그리고 그의 이야기대로 공산 혁명을 이룰 수 있다고 생각했다.

동시에 자신이 떠올린 전략을 치체린과 평의회 위원들에게 말했다.

"한가지 더 추가하도록 하지."

"어떤 것을 말입니까? 주석 동지."

"남녀평등에 관해서 말이오. 그것만큼 강한 투쟁을 불러일으키는 것도 없을 것이오. 여성이 평등과 공산화를 원하게 되면 그것으로 우리의 혁명은 반을 이루게 되는 것이오. 여성의 계급투쟁을 이끌어내야 하오."

그 말을 듣고 위원들이 고개를 끄덕였다.

트로츠키가 그린 그림에 경탄을 하면서 옆의 위원들과

이야기를 나눴다.

"어쩌면 여자들이 공산화 혁명의 주력이 될 수도 있겠어…….'"

"그러게 말이야…….'"

그리고 트로츠키가 다시 목소리를 높이면서 말했다.

"지난 세대에서 여성은 남성들에 의해 심각한 차별과 대우를 받았소. 자본가들이 노예처럼 부리는 노동자들처럼 말이오. 그러니 그런 악한 제도와 관념을 우리 시대에서 끊어내야 하오. 만인 평등과 분배의 공산화라면, 성별에 따른 결과도 평등해야 하며 동등하게 분배되어야 하오. 그것이 진정한 공산화요. 우리는 우리 스스로가 여성을 차별하고 있음을 인정하고 고쳐야 하오. 지금 당장 고쳐야 하오."

"옳습니다. 주석동지."

"지당하신 말씀입니다."

위원들이 트로츠키의 말에 깊이 공감했다.

그들의 모습을 보고 트로츠키가 지시했다.

"우리부터 먼저 본을 보여야 하오. 남녀평등을 통해서 최후의 혁명을 이룰 것이오. 우리는 끝내 승리할 것이오."

궁극의 평등을 향해서 나아가고 있었다. 그것만이 만인 행복과 동등한 번영을 누릴 것이라고 생각했다.

곧바로 노동당 평의회에서 찬성투표를 했다. 그리고 만장일치로 남녀평등이 결정되었다.

시급한 일이었기에 바로 조치가 떨어졌다.

건물을 짓는 건설현장으로 인부들이 모르는 여인들이 작업복을 하고 찾아왔다.

"감독관 동지. 그 여인들은 누굽니까?"

한 인부의 물음에 감독관이 대답했다.

"자네들과 함께 일할 여인들일세."

"예?"

"이제 우리는 남녀평등이라는 위대한 혁명을 이뤘네. 3반은 다른 건설 현장으로 향했고 이 여인들이 3반에 속하게 되었네. 그러니 인사하게."

감독관이 여인들을 소개했다. 그리고 작업복을 입은 여인들이 머리를 숙이면서 인사했다.

한 여인은 당당하게 나와서 남자들에게 손을 내밀었다.

"반장인 쏘냐입니다. 잘 부탁드립니다."

"잘 부탁하오……."

다시 감독관이 말했다.

"이제 우리는 남녀가 평등하다는 혁명을 이뤘으니 모두가 그렇듯 동지로 호칭을 통일하게. 시간이 되었으니 일하도록 하겠네."

"예. 감독관님."

"작업 간에 다치지 않도록 조심하게."

"예."

평등함을 이루고 또 하나의 혁명을 이뤘다고 생각하면서 의기양양하게 일을 하기 시작했다.

남녀 구분 없이 똑같이 지게를 지고 위로 벽돌을 쌓아올렸다.

　벽돌이 채워지자 남자 인부들이 힘을 주면서 일어섰고, 여인들도 따라 일어서면서 힘을 줬다.

　그때 몇 명의 여인이 휘청거리면서 벽돌을 떨어트렸다.

　"꺄악!"

　와르륵……!

　"아아…….."

　벽돌을 쏟은 여인들이 어쩔 줄 몰랐다. 그녀들에게 감독관이 와서 물었다.

　"괜찮은가?"

　"예. 감독관 동지."

　"아무래도 아직 근력이 없어서 그런 것 같네. 하지만 일하다 보면 근력이 늘 수밖에 없으니 참고 일하게. 그때까지 벽돌의 양을 줄이세."

　"예. 감사합니다."

　여인들이 드는 벽돌의 양이 줄어들었다.

　그 모습을 남자 인부들이 일하면서 지켜봤고 생각에 잠겼다. 그리고 자신들이 드는 벽돌의 무게를 느꼈다.

　그 후로 소련의 모든 직책에 여성 할당이 주어졌다.

　남녀 비율은 무조건 일대일이었고 소방관과 경찰관을 뽑을 때도 성비가 최우선 고려 사항이 됐다.

　그것은 관리를 직책으로 삼는 노동자와 공산당 위원들에게도 똑같이 적용이 되었다.

　한번에 수많은 여성 위원들이 생겨났고 공산화 혁명과

소련의 정책에 관여하기 시작했다.

그때부터 트로츠키의 소비에트 연방 공화국은 세계 유일의 남녀평등 국가가 됐다.

그 이념이 이웃 나라에 전해지기 시작했다.

〈다음 권에 계속〉

어울림 BOOKS 신인 작가 대모집!

어울림 출판사는 무한한 상상력과 뜨거운 열정을 가진 작가 여러분을 기다리고 있습니다.
창작에 대한 열의가 위대한 작품으로 꽃피울 수 있도록 저희 어울림 출판사가 여러분의 힘이 돼 드리겠습니다.

지금 도전하십시오!

모집 분야 : 판타지, 역사, 무협, 로맨스 등
모집 대상 : 아마추어, 인터넷 작가등 열정을 가진 모든 작가
모집 기한 : 수시 모집
작품 접수 방법 : 당사 네이버 카페 또는 이메일을 이용해 주십시오.

파일 형식은 제한이 없으나 원활한 원고 검토를 위해 '.HWP' 형식으로 보내주시고, 파일에 연락처도 함께 기재해주시면 됩니다.

채택된 작품은 정식 계약을 통해 출판물로 간행됩니다.
간행된 출판물은 당사의 유통망을 이용하여 전국 서점으로 배포됩니다.
※ 문의 사항은 **네이버 카페(http://cafe.naver.com/oulim0120)**를 이용하시기 바랍니다.

경기도 고양시 일산동구 장항동 43-55 성우사카르타워 801호
어울림 출판사 신인 작가 담당자 앞
전화 031) 919-0122 / **E-mail** 5ullim@daum.net